LA LOUVE DE MER
3. Les Enfants de la Louve

Catalogage avant publication de Bibliothèque et Archives nationales
du Québec et Bibliothèque et Archives Canada

Chabin, Laurent, 1957-

    La louve de mer

    (Atout;121, 127, 130. Aventure)
    Sommaire: 1. À feu et à sang – 2. La République des forbans –
    3. Les Enfants de la louve.
    Pour les jeunes de 12 ans et plus.

    ISBN 978-2-89647-075-4 (v. 1)
    ISBN 978-2-89647-163-8 (v. 2)
    ISBN 978-2-89647-241-3 (v. 3)

    I. Titre. II. Titre: À feu et à sang. III. Titre: La République des
    forbans. IV. Titre: Les enfants de la louve. V. Collection: Atout;
    121, 127, 130. VI. Collection: Atout. Aventure.

PS8555.H17L68 2008   jC843'.54   C2007-942511-9
PS9555.H17L68 2008

Les Éditions Hurtubise bénéficient du soutien financier
des institutions suivantes pour leurs activités d'édition:

– Conseil des Arts du Canada;
– Gouvernement du Canada par l'entremise du Programme d'aide
  au développement de l'industrie de l'édition (PADIÉ);
– Société de développement des entreprises culturelles du Québec
  (SODEC);
– Gouvernement du Québec par l'entremise du programme de
  crédit d'impôt pour l'édition de livres.

Éditrice jeunesse: Sonia Fontaine
Conception graphique: fig. communication graphique
Illustration de la couverture: Stéphane Jorisch
Mise en page: Martel en-tête

Copyright © 2010, Éditions Hurtubise inc.

ISBN 978-2-89647-241-3

Dépôt légal/1er trimestre 2010
Bibliothèque et Archives nationales du Québec
Bibliothèque et Archives du Canada

Diffusion-distribution au Canada: Diffusion-distribution en Europe:
Distribution HMH   Librairie du Québec/DNM
1815, avenue De Lorimier   30, rue Gay-Lussac
Montréal (Québec) H2K 3W6   75005 Paris FRANCE
Téléphone: 514 523-1523   www.librairieduquebec.fr
Télécopieur: 514 523-9969
www.distributionhmh.com

Imprimé au Canada

www.editionshurtubise.com

LAURENT CHABIN

LA LOUVE DE MER
3. Les Enfants de la Louve

LAURENT CHABIN

Après la France, l'Espagne et l'Ouest cana-
dien, Laurent Chabin a choisi de venir vivre
au Québec. Il réside présentement à Montréal.
Auteur d'une soixantaine de romans pour les
jeunes et les adultes, il est aussi traducteur.

« Dans ce dernier volume de l'histoire de
Rachel, j'aurais sans doute voulu que l'histoire finisse bien. Dans la réalité, hélas, les
utopies se soldent toujours par un échec.
Cependant, le rêve doit rester car lui seul
permet de vivre. »

RÉSUMÉ DES TOMES
PRÉCÉDENTS

Pour venger la mort de son mari injustement condamné par le roi de France, la comtesse Rachel de Kergorieu, secondée par ses deux jeunes fils, lève une armée et sème la terreur dans les villages de Bretagne. Alors qu'elle sent la bataille perdue sur terre, elle vend tout ce qu'elle possède, arme un bateau et se fait pirate pour poursuivre les navires royaux de sa haine implacable.

Après diverses péripéties, le navire de Rachel est coulé et son équipage est décimé. Les quelques survivants réussissent à s'échapper sur deux radeaux de fortune. Sur le premier ont pris place Nicolas, le fils aîné de la comtesse, accompagné par le terrible Une-Oreille et quatre autres marins. Sur l'autre, avec Rachel, se trouvent son jeune fils Gilles ainsi que Le Moine, son fidèle second, deux marins nommés Casse-Pipe et Lelgoualch, et Loïc, un jeune mousse au comportement mystérieux que Gilles a pris sous sa protection.

Les deux radeaux ont hélas été séparés par la tempête. Alors que le premier disparaît, les occupants du second, presque à l'agonie après une longue dérive, sont recueillis par un vaisseau hollandais.

Les naufragés ne tarderont pas à se rendre compte que leur sauveur n'est autre qu'un navire négrier. Embarqués à leur corps défendant dans une horrible traversée avec les esclaves enchaînés, Rachel et ses compagnons vivront des heures sombres jusqu'à ce qu'une rencontre avec des pirates, dans la mer des Caraïbes, change la donne.

Libérés, les esclaves suivront Rachel et son nouvel équipage pour le moins hétéroclite — auquel se sont associés quelques boucaniers — vers leur seul espoir de liberté : l'établissement d'une communauté libre.

Après de longues et violentes péripéties, ils établiront leur « république des forbans » sur la rive d'un fleuve sud-américain, dans les ruines d'un village abandonné.

Peu avant d'aborder cette terre, Loïc révèle à Gilles sa véritable identité : il s'agit d'une jeune fille, répondant au nom de Louise, qui a été autrefois enrôlée de force dans la marine alors que, pour sa propre sécurité, elle se faisait passer pour un garçon.

Gilles et Louise pensent alors sincèrement être arrivés au bout de leurs peines. Cependant, quelques jours après l'établissement de la petite troupe sur la rive, le bateau de Rachel est emporté *par une crue du fleuve et les nouveaux colons se retrouvent isolés sur cette terre qu'ils ne connaissent pas encore.*

Gilles n'est pas très optimiste pour la suite des événements...

1

JUGEMENT

L'homme se tenait debout, tête nue, droit sous le soleil de plomb. L'assemblée était silencieuse et seul le vacarme incessant des insectes et des oiseaux de la forêt toute proche, auquel je ne m'étais toujours pas habitué, nous enveloppait de toute part.

L'accusé était un des marins hollandais qui nous avaient suivis dans notre aventure après la prise de l'*Elmina* et la libération des esclaves que transportait ce sinistre vaisseau.

Jamais je ne lui avais prêté d'attention particulière. Notre communauté était trop disparate et je n'avais même jamais pu retenir son nom avant l'affaire qui l'avait conduit à se retrouver devant nous, ses juges.

Les événements qui avaient fait suite à l'exécution du capitaine de l'*Elmina* nous avaient entraînés dans un tourbillon d'une extrême violence et mon unique préoccupation, dès lors, avait été de survivre et de protéger Louise. Même plus tard, à terre, je n'avais donc guère eu l'occasion de m'intéresser de près à tous les membres de notre colonie, d'autant plus que nous n'avions pas de langage en commun.

Mes compagnons d'origine, Le Moine, Lelgoualch et Casse-Pipe, ainsi que Louise et ma mère, parlaient évidemment le français. Les boucaniers, quant à eux (une demi-douzaine, parmi lesquels Touman et Lafleur), partageaient également cette langue, même s'ils étaient d'origines et de nationalités très diverses — détail sur lequel ils répugnaient d'ailleurs à s'étendre.

Parmi les Africains, qui étaient plus de deux cents, y compris une vingtaine de femmes, seuls Mongo et son fils Labou parlaient notre langue. Les autres s'exprimaient dans des idiomes différents selon leur peuple d'origine, et ils ne se comprenaient pas tous entre eux.

À cela s'ajoutaient les Espagnols rescapés du brick en perdition que nous avions abordé peu avant la bataille meurtrière avec les Barbadiens. Ils étaient au nombre de cinq et un seul d'entre eux, un Basque nommé Urrutia, baragouinait un peu de français.

Deux des Hollandais, enfin, parlaient passablement l'anglais, langue que Le Moine,

Touman avait proposé de construire une pirogue et de laisser Jordaens descendre le fleuve. Les boucaniers étaient d'accord, mais Mongo avait objecté que cela risquait de compromettre notre sécurité : si Jordaens dévoilait notre présence ici, ce qu'il ne manquerait pas de faire s'il rencontrait des Européens, nous n'aurions plus qu'à fuir plus loin encore pour préserver notre liberté.

— Il est pourtant hors de question de le garder parmi nous, avait déclaré Touman.

— Alors qu'il disparaisse dans la forêt, avait répondu Mongo.

— C'est la mort assurée, avait commenté ma mère.

— C'est la règle, avait conclu l'homme au visage défiguré d'un ton dur.

2

LE BANNISSEMENT

Tout avait commencé quelques jours plus tôt.

Jusqu'alors, notre village avait assez bien fonctionné, et cela depuis plusieurs mois. Je vivais sur une sorte de nuage. Le corps de Louise s'affermissait et je guettais avec une curiosité quasi infantile l'apparition de ses seins. Moi-même, ce qu'elle ne manquait pas de me faire remarquer en riant, j'avais les joues recouvertes d'un duvet qui devenait de plus en plus dru.

Les relations entre les différentes communautés qui composaient notre village étaient bonnes, même si ces dernières ne se mêlaient guère. Seuls les boucaniers semblaient réellement indifférents à l'origine de leurs nouveaux compagnons et, pour eux, les problèmes liés à la langue constituaient l'unique obstacle à la communication.

Ils s'en sortaient malgré tout avec des gestes et des mimiques, et on les voyait souvent travailler avec des Africains — surtout ceux qui étaient issus du peuple de Mongo.

Les Espagnols, eux, restaient méfiants et peu bavards, à l'exception d'Urrutia, qui conversait volontiers avec les boucaniers ou avec Le Moine. Ils évitaient surtout les Hollandais, protestants comme nous, et maman avait dû m'expliquer que ces derniers avaient terriblement souffert sous la domination des rois d'Espagne. Leur mouvement de révolte, conduit des années auparavant par les Gueux de mer, avait été réprimé dans le sang. La haine qui demeurait entre les deux peuples, m'avait-elle précisé, serait longue à s'éteindre.

Quant aux Africains, ils s'étaient regroupés selon leur ethnie d'origine et il m'était difficile de savoir ce qu'ils pensaient de la situation. À l'exception de Mongo et de son fils, ainsi que des deux jeunes hommes qui avaient décidé, lors de leur libération, d'embrasser la carrière de pirate, ils se mêlaient peu aux Européens.

Ils se montraient pourtant bons voisins et ils ne rechignaient pas aux tâches collectives, dans lesquelles ils se montraient au contraire très efficaces et particulièrement habiles.

Les femmes, pour leur part, avaient toutes choisi de vivre ensemble dans la grande maison qui avait été construite pour elles dès le début. Si elles ne se privaient pas de prendre à l'occasion des amants — d'après ce que m'avait raconté Louise, qui furetait beaucoup dans le village, toujours sous le couvert de ses habits masculins —, elles refusaient pourtant d'attacher leur sort à un seul homme, et ce choix, s'il pouvait sembler bizarre, était pourtant respecté par tous.

Les boucaniers n'étaient d'ailleurs pas les derniers à profiter des faveurs de ces dames, car, comme je l'ai déjà dit, ils ne se laissaient pas arrêter par les barrières de la langue…

La situation des femmes avait été, au départ, la grande angoisse de ma mère, qui savait trop bien que celles-ci, dans la plupart des sociétés, n'avaient d'autre place que celle que voulaient bien leur assigner les hommes. Qu'elles soient bonnes à tout faire, mères de famille, ou qu'elles servent au repos du guerrier, leur rôle n'était jamais très enviable.

La rupture totale des membres de notre communauté avec leur monde d'origine, volontaire ou non, avait-elle eu raison de ce système millénaire ancré presque partout dans le monde? L'étonnante compagnie des boucaniers, si libre et si simple, m'incitait à le croire.

Par ailleurs, mises en confiance peut-être par l'attitude résolue de Rachel, elles n'hésitaient pas à rabrouer avec vigueur ceux qui leur tournaient autour de façon trop insistante lorsqu'elles n'en avaient pas envie. L'éconduit devait souvent se retirer sous les huées et les quolibets de ses propres compagnons.

Ainsi, l'ordre régnait sans trop de difficulté, non pas venu d'en haut et appliqué par la contrainte, mais librement accepté par consentement mutuel. Il n'y avait donc pas de police ni de guet à Eutopia, cela n'aurait servi à rien.

C'est Louise qui, en premier, m'avait averti de l'attitude équivoque de Jordaens. Celui-ci, avec son visage grave et ses traits austères, m'avait toujours fait l'impression d'un marin honnête, plus enclin à la prière qu'à la gaudriole. Rigoriste mais pas méchant. À vrai dire, il ne s'était jamais approché de la maison des femmes, qu'il semblait au contraire considérer avec un certain mépris.

J'avais mis cette attitude sur le compte du puritanisme, dont les protestants anglais ou hollandais faisaient souvent montre. Aussi, lorsque Louise — que tout le monde appelait encore Loïc, car c'était à moi seul qu'elle avait révélé son sexe — s'était plainte que

Jordaens lui faisait peur, j'avais mis cet effroi sur le compte de la froideur que dégageait sa morale rigide.

Louise n'avait pas insisté sur le moment, mais elle était revenue à la charge quelques jours plus tard, affirmant que Jordaens avait tenté de la brutaliser à la tombée du jour, sous l'ombre des arbres, alors qu'elle était allée chercher du bois.

Alors que nous étions allongés dans notre hamac, elle avait du mal à m'expliquer clairement ce qui s'était passé. Ce n'étaient pas les mots qui lui manquaient, j'en étais certain. Il me semblait plutôt que c'était la gêne, ou une sorte de honte, qui lui faisait taire les détails qui m'auraient permis de saisir la teneur du drame.

Et puis, comme je ne comprenais toujours pas, Louise s'était écriée :

— Il a tenté de me violer !

— Comment ? avais-je balbutié. Il sait que tu es… ?

— Il ne sait rien, Gilles, je peux te l'assurer, mais il va savoir si on ne l'arrête pas. Cela fait des jours qu'il me tourne autour. Il essaie de me toucher, de m'attirer vers le bois. Il devient comme fou dans ces moments-là. Ce soir, il m'a attrapée et il a essayé d'ouvrir ma chemise. Il… il a aussi tenté de m'embrasser et d'introduire sa main dans mon pantalon. Et puis...

— C'est assez! avais-je dit, à la fois furieux et désorienté.

Je réalisais soudain que, si ma mère m'avait à maintes reprises demandé de veiller sur Louise, et si Louise elle-même m'avait supplié de ne jamais l'abandonner, j'avais failli à cette mission. Et plutôt deux fois qu'une! Non seulement je ne l'avais pas protégée, mais je ne m'étais même rendu compte de rien.

La haine me submergeait comme cela ne m'était pas arrivé depuis des mois. Le monde de paix dont je rêvais depuis si longtemps me semblait soudain vaciller, tout cela parce qu'un rustre était incapable de modérer ses pulsions.

Et si d'autres suivaient son exemple? Si tous ces hommes se laissaient aller à leur instinct, ce ne serait plus la seule Louise qui serait menacée, mais toutes les femmes et tous les enfants de la colonie. Et ma mère.

Ma mère... Elle seule saurait que faire. Elle seule serait capable d'enrayer ce mal, de protéger Louise, de nous protéger tous...

Cette dernière ne se trouvait pas dans notre cabane au moment où Louise m'avait fait sa confidence. Elle était partie avec

Le Moine relever des pièges dans la forêt
— le piégeage étant une activité de subsis-
tance à laquelle elle entendait ne pas se
soustraire. J'avais proposé à Louise de tout
lui répéter à son retour.

— Tu n'y songes pas! s'était-elle exclamée avec frayeur. Je ne veux pas que tout le
monde le sache. Je ne veux pas être la cause
d'ennuis qui vont dégénérer. Je veux juste
qu'on me laisse tranquille.

— Jordaens ne te laissera jamais tranquille s'il sait que tu ne diras rien. Et d'autres
que lui pourront l'imiter. Les hommes sont
frustrés, tu dois bien t'en rendre compte. Les
marins touchent terre entre deux traversées
et les boucaniers, quand le besoin s'en fait
sentir, s'en vont faire un tour dans les bouges
de la Tortue ou de Petit Goave. La chose est
impossible à Eutopia. Nous sommes ici prisonniers de nous-mêmes.

— J'aimerais être invisible, je voudrais ne
plus exister pour tous ces gens qui ne me
voient que comme un gibier...

— Je t'aime comme tu es, Louise, avais-je
déclaré en l'entourant de mes bras, et je ne
te voudrais pas autrement. Mais notre communauté est minuscule et son équilibre est
fragile. Il ne faut pas t'enferrer dans le silence
et laisser la situation pourrir.

Louise n'avait pas eu le temps de me répondre. Ma mère était rentrée à ce moment-là et les cloisons de la cabane étaient si fines qu'elle m'avait entendu prononcer la dernière phrase.

— De quel silence parles-tu? avait-elle demandé en apparaissant à la porte. Y a-t-il un problème?

La pièce était sombre et je ne pouvais pas distinguer son visage, mais le ton de sa voix révélait une certaine gravité. En même temps, j'avais l'impression qu'elle avait posé sa question pour la forme et qu'elle en savait plus long qu'elle voulait bien le laisser paraître.

Louise, sans répondre, s'était recroquevillée dans le hamac.

Ma mère s'était approchée et, attirant vers elle un tabouret que le fils de Mongo avait fabriqué et lui avait offert, elle s'était assise près de nous.

— Louise, avait-elle murmuré, il est impossible de garder bien longtemps des secrets dans un groupe aussi peu nombreux que le nôtre. Je ne voudrais pas te faire peur, mais Gilles et moi ne sommes déjà plus les seuls à savoir que Loïc le mousse n'est pas ce qu'il prétend être. Des gens perspicaces comme Le Moine ou Touman ont percé ton secret depuis longtemps, c'est évident. D'autres suivront, c'est inévitable.

Louise s'était redressée. Sa main tremblait. Elle avait toujours été persuadée que tous ignoraient son sexe, et elle venait de me le répéter à propos de Jordaens. Pour ma part, je partageais cette croyance et j'interprétais les regards équivoques que lui lançaient parfois marins et boucaniers comme des traits de moquerie. Naïveté ou bêtise ?

Cette révélation me ramenait brusquement dans une réalité où l'homme demeure un prédateur, même s'il prétend dissimuler cette nature sous un vernis de civilisation. Louise devait éprouver les mêmes sentiments, car elle s'était pelotonnée contre moi.

— Je ne connaîtrai donc jamais la paix ? avait-elle murmuré d'une voix hachée par la peur.

— La dissimulation n'est pas toujours le meilleur moyen de vivre en paix dans une société autarcique aussi réduite qu'Eutopia, avait répondu ma mère. Tout secret excite la curiosité et provoque à la longue doute, jalousie, frustration.

— Je ne vais quand même pas aller me déshabiller sur la place publique ! s'était écriée Louise avec un accent de désespoir.

— Qui te parle de faire une chose pareille ? avait répliqué ma mère avec douceur. Tu n'as pas à claironner ta nature à tout un chacun. Personne ne te demande non plus de porter une robe ou des rubans dans les cheveux. Tout cela serait ridicule. Mais si, sur un bateau, tu as pu passer pour un garçon, c'est parce que les hommes y sont si habitués à vivre entre eux qu'il n'y a pas de place pour un comportement féminin.

« Il n'en va pas de même à terre, où la conduite des marins change puisqu'ils changent de monde. Ta relation avec Gilles, anodine sur un navire où le matelotage est une coutume admise, n'a plus la même signification dans une société terrestre. Certains ont donc deviné depuis un bon moment la nature du couple que tu formes avec Gilles, d'autres ne tarderont pas à le faire, moins discrets que Le Moine ou Touman, et tous seront tôt ou tard au courant. »

Jordaens, contrairement à ce que Louise m'avait affirmé, faisait-il partie de ceux-là ? J'avais posé la question à ma mère, tandis que je sentais Louise se raidir.

— Je l'ignore, avait répondu maman, mais en revanche j'ai remarqué son manège depuis quelque temps déjà. Ce ne sont pas les femmes qui l'intéressent. Son puritanisme de façade n'est guère trompeur. Mais personne, à Eutopia, n'est en droit de dicter sa conduite à autrui et, si une personne ne se plaint pas du comportement d'une autre, elle est réputée consentante.

Louise s'était redressée d'un bond. Je la devinais frémissante de dégoût et de peur.

— Il a un couteau, avait-elle soufflé d'une voix rauque.

— Je ne laisserai pas Louise subir longtemps des outrages pareils! m'étais-je aussitôt écrié.

Depuis un moment déjà, je bouillais d'impatience. Je ne comprenais pas le discours de maman, qui semblait curieusement innocenter Jordaens. S'il fallait un accusateur pour confondre ce dernier, je le serais sans hésiter.

— La violence n'est ni recommandable ni efficace dans notre cas, avait dit maman d'un ton amer. Notre société n'a pas été fondée sur ce principe. Mais si un de ses membres déroge à la loi commune, il faut porter l'affaire devant tous, et c'est la communauté qui jugera. La loi de la vengeance ne peut mener qu'au chaos.

Nous étions restés silencieux un long moment, puis maman avait repris d'un ton las:

— C'est vrai que Jordaens est un cancer au sein de notre groupe. Si on le laisse agir, il pourrira l'ensemble de nos relations. Mais je suis fatiguée de jouer le rôle de meneuse. Nous ne sommes plus sur un bateau, je le répète. Je ne dispose ici d'aucun privilège, d'aucun pouvoir. Et je ne tiens pas à ce qu'on m'en prête un.

« Je comprends que Louise ne veuille pas porter cette affaire sur la place publique, mais toi, Gilles, tu peux le faire. Tu *dois* le faire. »

J'avais hoché la tête. Dans l'ombre, Louise pleurait en silence. Dès le lendemain, j'étais allé voir Touman et Mongo, que tous s'accordaient plus ou moins à considérer — si l'on exceptait ma mère — comme les représentants les plus significatifs de notre colonie.

Les deux hommes m'avaient écouté, le visage grave, et Touman avait déclaré que le pire des crimes, dans une société comme la nôtre, était de s'approprier le corps de l'autre, que ce soit par le viol ou l'asservissement, alors que ce corps était notre seul bien naturel. Mongo, qui comprenait parfaitement ce que cela signifiait, avait approuvé.

Le jour suivant, Touman, accompagné par La Gueuse, était allé annoncer à Jordaens qu'il allait passer devant la justice collective.

Ma mère, en fin de compte, avait accepté de siéger à côté d'eux, étant l'objet du respect de tous.

Le « procès » avait alors commencé, chaotique et pénible, non seulement à cause de son objet, mais aussi parce que, tous ayant le droit d'être informés de ce qui se passait, il fallait sans arrêt traduire le débat en de multiples langues.

Malgré cela, les délibérations avaient été d'autant plus rapides qu'il n'y avait qu'un châtiment possible : l'exil.

Tête baissée, Louise avait écouté la sentence en frissonnant, comme si c'était elle qui se sentait coupable.

À présent, tous savaient…

Selon la recommandation de Mongo, Jordaens ne partirait pas par le fleuve, mais il serait chassé vers la forêt dès le lendemain.

Personne ne s'y était opposé.

3

PREMIÈRE BRÈCHE

Il n'existait pas de prison à Eutopia — et il n'était pas question qu'il y en ait une —, aussi Jordaens avait-il passé la nuit dans sa cabane, avec ses compatriotes.

Au matin, accompagné de La Gueuse, Touman est venu lui remettre un coutelas, une gourde pleine et un sac de toile contenant de la nourriture pour plusieurs jours, ainsi que quelques lacets de chanvre et des hameçons.

Faisant face aux habitants qui commençaient à se rassembler, Jordaens l'a toisé avec haine, puis il a éclaté en un flot de paroles manifestement injurieuses. La Gueuse a dû reprendre son rôle d'interprète.

Jordaens prétendait que, selon la loi des pirates, on était dans l'obligation de lui fournir un fusil et de la poudre afin qu'il puisse avoir une chance de survivre. Touman hésitait. Il savait que c'était vrai. C'était ainsi que la tradition voulait qu'on abandonne les marins rebelles sur un rivage désert.

Le problème était que nous ne disposions que d'une dizaine de fusils de boucaniers pour une population de plus de deux cents personnes. Mais, a fait remarquer La Gueuse, si les juges eux-mêmes se mettaient à transgresser leur propre loi, Eutopia ne durerait pas une saison. Des murmures ont commencé à monter de la foule.

Le Moine a alors fait valoir que l'arme donnée au proscrit n'était pas destinée à la chasse. C'étaient le coutelas, les lacets et les hameçons qui étaient prévus à cet effet.

— Le fusil ou le pistolet, dans cette tradition que tu invoques, a-t-il rétorqué au Hollandais, sont fournis avec une seule balle. Il ne s'agit donc pas de chasse, mais d'offrir au condamné la possibilité d'abréger lui-même ses souffrances s'il n'est pas capable de subvenir à ses besoins sur une île déserte ou une côte aride.

«Tel n'est pas le cas ici, où la forêt est assez giboyeuse, ainsi que nous l'avons tous constaté. Les fusils sont nécessaires ici pour la défense du village.

— Tu interprètes la loi à ton avantage, Le Moine, a lancé avec aplomb un des Hollandais. Quel que soit l'usage qu'il jugera bon d'en faire, Jordaens a droit à ce fusil.

Les murmures ont repris de plus belle, et Jordaens s'est senti en position de force. Les boucaniers étaient perplexes. Les fusils étaient précieux, mais leurs coutumes tout autant. Des discussions passionnées se sont élevées.

Les Africains, qui assistaient à la scène avec une certaine appréhension car ils n'aimaient guère voir les Européens s'échauffer sur le sujet des armes, suivaient le débat avec peine. Mongo passait d'un groupe à l'autre, accompagné par Labou et la vieille Sogolon, écoutant les uns, glissant un mot aux autres.

Le Moine le surveillait du coin de l'œil. L'agitation de ces guerriers dont on ne savait jamais trop ce qu'ils pensaient ne lui disait rien de bon. Puis, alors que la polémique faisait rage, Mongo s'est avancé vers le centre du cercle formé par l'assistance. Son visage effrayant impressionnait toujours. Le silence s'est fait.

— Si cet homme part dans la forêt avec un fusil, cela signifie que nous y aurons un ennemi puissamment armé. Si la forêt recèle un ennemi, nous devrons nous défendre. On ne laisse pas un ennemi dans son dos. Cette forêt n'est pas une île que nous allons quitter et oublier. Elle nous entoure. Elle est une source de gibier pour nous, mais aussi une menace. Nous ne devons pas l'oublier.

Labou et Sogolon traduisaient au fur et à mesure, et les Africains, tous peuples confondus, approuvaient en silence. Certains tenaient avec nonchalance leur coutelas à la main. Dans la relative fraîcheur du matin, on sentait dans leur présence une puissance contenue dont ils étaient très certainement conscients. Ces hommes étaient des guerriers et un mot pouvait les lancer dans un assaut destructeur.

Maman venait d'arriver et elle se tenait près de moi. Son malaise était perceptible. Tant que ces combattants s'étaient trouvés sur un bateau, dans un monde inconnu d'eux et hostile, ils avaient pu se sentir en état d'infériorité. Ici, dans ce pays qui ressemblait peut-être au leur, à l'orée d'une forêt dans laquelle ils se sentaient sans doute plus à l'aise que la plupart d'entre nous, ils étaient plus redoutables que jamais.

J'ai vu Le Moine chuchoter quelques mots à l'oreille de Touman, qui a hoché la tête. Puis il est venu vers nous et a demandé à voix basse :

— Qu'en penses-tu, Rachel ?

— Que nos ennuis ne font que commencer, a répliqué celle-ci d'un ton grave. Mais je crains que nous n'ayons pas d'autre moyen que de donner raison à Mongo.

— Oui, c'est lui le vrai maître, à présent.

— Je n'en suis pas si sûre, Le Moine, a murmuré ma mère. Je ne crois pas qu'il ait de réelle autorité sur ces gens. La plus grande partie d'entre eux n'appartient pas à son peuple. Ils l'écouteront tant que cela servira leurs intérêts. Dans le cas contraire…

— Mais ils n'ont pas de chef.

— C'est juste, et ils n'en seront que plus difficiles à contrôler. Je n'aimerais pas me trouver au milieu d'eux le jour où, pour une raison ou pour une autre, ils donneront libre cours à leur fureur.

Le Moine a soupiré.

— C'est aussi l'avis de Touman, a-t-il dit. Alors ?

— Jordaens doit partir sans arme. Je n'aime guère cette idée, mais je ne vois pas d'autre solution.

Jordaens a quitté le village en nous maudissant, et les autres Hollandais sont retournés chez eux avec des airs de conspirateurs. Les boucaniers sont restés un long moment à l'orée de la forêt, comme pour se persuader que le proscrit avait bien été avalé par la jungle et qu'il n'allait pas réapparaître, implorant ou agressif.

Mongo, pour sa part, semblait préoccupé, mais pas à cause d'un éventuel retour de Jordaens. Au bout d'un moment, il a disparu avec les siens vers l'autre extrémité du village.

Seules les femmes, qui avaient assisté à la scène avec une mine satisfaite, m'ont jeté en passant près de moi une sorte de sourire que je n'ai pas réussi à interpréter.

La journée s'est écoulée dans une ambiance morose. Maman n'est pas sortie de la cabane, et Louise non plus. Elle est demeurée prostrée jusqu'au coucher du soleil, persuadée d'être la cause de tout ce qui venait de se passer.

La plupart des gens sont restés dehors bien après le coucher du soleil, par petits groupes, discutant à voix basse. J'avais l'impression d'une fêlure dans le corps de notre village…

La nuit a été triste. Louise n'a pas voulu que je la touche et, au petit matin, je suis sorti de bonne heure pour errer dans le village, totalement désorienté. De loin, j'ai aperçu deux des Hollandais qui rentraient de la forêt et qui m'ont lancé un regard noir avant de disparaître.

Je me demandais jusqu'où était allé Jordaens, jusqu'où il s'était enfoncé dans le dangereux labyrinthe végétal qui enserrait le village de toute part. Pas loin, je pense. Nous ne nous éloignions jamais seuls du village. Je l'imaginais rôdant dans les environs, en train de nous épier, plein de rancœur, méditant une vengeance.

Était-ce lui que ses compatriotes étaient allés voir ? Curieuse heure pour chasser, me suis-je dit…

Tout à coup, des cris ont retenti du côté d'une des huttes occupées par les boucaniers. Je me suis précipité. En chemin, je suis tombé sur Le Moine, qui courait dans la même direction que moi. Nous sommes parvenus ensemble devant la case de Lafleur. Celui-ci était fou de rage et ses compagnons arboraient des mines à faire peur.

— Son fusil a disparu, a expliqué Touman en nous voyant arriver.

— Disparu ! a hurlé Lafleur en entendant ce commentaire. C'est tout ce que tu trouves à dire, maudit chien d'enfer ? Volé, oui ! On me l'a volé. Mais le rat de cale qui a fait ça ne perd rien pour attendre. Et je sais bien à qui je vais aller arracher la langue…

Les autres hochaient la tête d'un air mauvais, le poing crispé sur leur coutelas.

— Cours prévenir ta mère, a sifflé Le Moine. Il faut que j'aille les avertir, ils vont se faire écharper.

— Écharper ? Qui ?

— Les Hollandais. Les boucaniers sont persuadés que ce sont eux qui ont fait le coup, et voler le fusil d'un boucanier, c'est s'exposer à se faire découper en rondelles.

— Mais il n'y a pas de preuve. Sinon, Lafleur n'aurait pas manqué de le dire.

— Face à la fureur d'un boucanier, la preuve ou son absence font peu de différence. Fais vite, seule ta mère a assez de charisme pour les calmer.

Je me suis donc hâté vers notre cabane. Je n'ai toutefois pas eu à arriver jusque-là car j'ai rencontré maman en chemin. Je l'ai rapidement mise au courant et nous sommes repartis vers les boucaniers. Ceux-ci, armés jusqu'aux dents, se mettaient déjà en route vers la case des Hollandais.

Maman les a rattrapés. Lafleur, qui marchait en tête de ses camarades, l'a aperçue et lui a lancé :

— Ne te mêle pas de ça, capitaine. Pas besoin de tribunal pour exécuter un voleur.

Lafleur, qui n'avait jamais pu se résoudre à apostropher ma mère par son prénom, persistait à l'appeler «capitaine».

— Je ne me mêle de rien, matelot, a répliqué Rachel sur le ton ironique qui plaisait tant aux marins. Mais j'ai le droit de savoir ce qui se passe ici, et le devoir de veiller à ce qu'il ne se commette pas d'excès.

— Voler un fusil, ce n'est pas excessif, peut-être? s'est exclamé Lafleur avec hargne.

— Oui, mais ce n'est pas une raison pour continuer sur le même mode. Sinon, la violence ne s'arrêtera plus et ce village redeviendra le tas de ruines qu'il était lorsque nous l'avons découvert.

Lafleur a ralenti le pas. Il n'avait sans doute pas changé d'avis mais, en bon boucanier, il savait que la réparation d'un préjudice, même subi par un particulier, était du ressort de la communauté entière, si l'on tenait à préserver l'existence de celle-ci.

— As-tu la preuve que ce sont les Hollandais qui ont pris le fusil? a demandé ma mère.

— La preuve? a ricané Lafleur. Il n'y a pas de preuve et ce n'est pas chez eux qu'on le retrouvera. Ils ne l'ont pas pris pour eux mais pour Jordaens. On les a vus revenir de la forêt au petit matin. On ne chasse pas à cette heure-là. Ils ont armé le renégat. Ils ont donc doublement enfreint la loi.

Lafleur avait probablement raison. Moi aussi, j'avais vu les compatriotes de Jordaens rentrer du bois. D'autre part, seuls les Hollandais ou les Espagnols étaient capables de manier les fusils des boucaniers, mais les Espagnols, pour autant que je me souvienne, étaient longtemps demeurés à la lisière de la forêt après le départ de Jordaens, sans y pénétrer. Cela ne constituait pas une preuve, mais les coïncidences étaient accablantes pour les marins de l'*Elmina*.

Lorsque nous sommes arrivés devant la hutte des Hollandais, une troupe nombreuse nous avait déjà emboîté le pas. J'ai reconnu Mongo dans la foule.

Avant que Lafleur ait eu le temps de prononcer une parole, deux hommes sont sortis de la hutte et lui ont crié quelque chose dans leur langue. Une longue palabre a suivi, dans un mélange cacophonique d'anglais, de français et de hollandais.

Quelqu'un les avait prévenus que les boucaniers arrivaient avec des intentions peu amicales, et ils affichaient un air outré. Avant même qu'on ne les accuse de quoi que ce soit, ils s'en sont pris à Touman, à Mongo et à ma mère, dont ils dénonçaient l'attitude partiale.

« Il y a deux poids, deux mesures, clamaient-ils. On nous parle d'égalité, mais certains possèdent des femmes, ou des armes, tandis que d'autres n'ont rien. Où est la solidarité des Frères de la côte ? »

Maman a répliqué aussitôt, furieuse :

— Le seul fait que vous placiez les femmes et les armes au même rang d'objet qu'on peut posséder ou échanger vous fait perdre toute dignité. Personne ne possède personne ici. Et quiconque tentera de s'approprier son semblable subira le même sort que Jordaens. Quant aux armes, ceux qui en ont les détenaient avant de nous rejoindre.

« Le vol et l'asservissement n'ont pas leur place ici, mais ceux qui refusent cette loi peuvent s'en aller. Nous ne les retiendrons pas.

— Nous prêtons volontiers nos fusils si on nous en fait la demande, a renchéri Touman. Et s'il s'agit de chasse ou de défense commune contre l'extérieur. Mais il est hors de question de les utiliser contre l'un d'entre nous. Celui qui a volé le fusil de Lafleur se déclare donc lui-même comme un ennemi du groupe, et il sera traité comme tel.

Mongo a approuvé. Les Hollandais se sont sentis en minorité et ils n'ont pas insisté. Seuls les Espagnols, pour une raison qui m'échappait, s'étaient abstenus d'acclamer Touman et ma mère. À l'exception d'Urrutia, toutefois, qui avait développé depuis quelque temps déjà une certaine amitié avec Le Moine et refusait de faire bloc avec ses compatriotes.

Les Hollandais n'ont rien pu faire pour empêcher les boucaniers d'entrer chez eux et de fouiller leur case. Comme je m'y attendais, ces derniers n'ont rien trouvé et n'ont pas pu prouver la culpabilité des accusés. Aucune décision n'a donc été prise contre eux, au grand dépit, semble-t-il, des boucaniers, ainsi que de Mongo et des siens.

La vie a repris son cours, mais la confiance qui avait régné depuis la fondation d'Eutopia avait disparu.

Nombre d'entre nous étaient persuadés que Jordaens disposait à présent du fusil volé, que lui avaient apporté ses compatriotes. Et l'idée qu'un ennemi armé rôdait près de notre village, où, de plus, il disposait d'alliés, ne contribuait pas à améliorer l'atmosphère.

De surcroît, le mutisme et l'humeur sombre de Louise, qui se sentait responsable de tout ce qui venait d'arriver, m'affectaient profondément. Elle se sentait vulnérable, cernée de toute part par le désir des hommes qui l'effrayait. Notre rêve avait-il déjà vécu?

4

PANIQUE

Les problèmes liés à la possession des armes et à la disproportion en hommes et en femmes n'étaient pas les seuls à nous affecter. Si nous ne manquions pas de viande — tant les boucaniers que les Africains étaient d'excellents chasseurs et la forêt ne manquait pas de gibier —, pain, fruits et légumes nous faisaient défaut.

Ce régime convenait aux boucaniers, qui n'étaient pas cultivateurs, mais pour tous les autres, cette alimentation presque exclusivement carnée avait fini par provoquer divers malaises et maladies.

Les boucaniers, dans les îles, parvenaient toujours à se procurer les produits qui leur manquaient en faisant du troc avec les planteurs, voire en pillant quelques bateaux qui passaient trop près de leur domaine. À Eutopia, en revanche, nous vivions dans une autarcie totale et, une fois épuisées les provisions de farine, de fèves et de fruits secs que nous avions emportées avec nous en embarquant, il ne nous était resté que les produits de la forêt.

Or, même si j'avais été enclin à penser le contraire à notre arrivée ici, la forêt équatoriale n'avait rien d'un jardin d'Éden. Touman m'avait expliqué que certains boucaniers, ou de petits planteurs indépendants qui avaient dû céder la place aux grands exploitants protégés par les gouverneurs, avaient appris la culture des fruits et des légumes locaux auprès des Indiens caraïbes, mais lui-même et ses compagnons ne s'étaient jamais approchés des fameux jardins de ces Indiens puisqu'ils vivaient surtout de la contrebande.

Les Africains, pour leur part, ignoraient tout des produits du Nouveau Monde et, bien entendu, ils y étaient arrivés les mains nues. Des rumeurs de mécontentement avaient commencé à poindre, en particulier chez les femmes, qui traitaient les hommes d'incapables.

Le Moine et Mongo avaient conduit plusieurs expéditions en forêt pour tenter d'y découvrir des racines ou des plantes comestibles susceptibles d'être cultivées, mais leurs recherches avaient été vaines.

Les Espagnols, lassés de manger du singe ou des rongeurs qu'ils n'avaient jamais vus auparavant, parlaient de construire des

radeaux et de quitter le village, qu'ils quali-
fiaient de maudit.

Les Africains, de leur côté, ne voulaient
pas en entendre parler. Ils savaient que
l'abandon de la forêt signifierait pour eux le
retour aux chaînes, et que toute leur aventure
n'aurait servi à rien. Mais la dissension était
apparue chez les autres, marins et boucaniers, pour lesquels la vie en vase clos n'était
pas une solution.

De temps en temps, je me demandais si
Jordaens avait survécu. Dans les semaines
qui avaient suivi son bannissement, nous
avions parfois entendu un coup de feu provenant de la forêt, assourdi par la distance.
Il devait donc rôder dans les environs, désespéré, je suppose, mais n'osant rentrer au
village par crainte des représailles.

Puis, après quelques mois, nous n'avions
plus rien entendu. Au cours de nos chasses,
nous avons bien sûr tenté de retrouver le
fusil… ou son cadavre. Mais les traces que
pouvait laisser un homme dans cette végétation exubérante, si elles demeuraient visibles pendant quelques jours, disparaissaient
très vite, d'autant plus qu'il pleuvait presque
chaque soir.

La routine s'est installée. Il n'y avait pas
de saisons, si près de l'équateur, et le temps

s'écoulait dans une monotonie affligeante. Près d'un an s'était passé lorsque s'est produit un des événements les plus horribles et les plus dérangeants de notre vie à Eutopia.

Un matin, après une semaine de pluies diluviennes, un des Africains est tombé malade et il s'est retrouvé cloué sur sa couche, en proie à une fièvre violente. Lelgoualch a tenté de le soigner avec des herbes qu'il avait trouvées et qui ressemblaient un peu à une plante fébrifuge qu'il connaissait, mais le mal n'a fait qu'empirer. Bientôt, l'homme s'est mis à délirer et à cracher du sang.

Un vent de panique a soudain soufflé sur le village. Quelle était cette fièvre subite? Était-elle mortelle? Contagieuse? Il suffisait de le croire pour voir arriver la fin de notre colonie. La crainte affolante de l'épidémie s'est propagée à la vitesse de l'éclair et la case occupée par le malade s'est vidée de ses habitants.

Le Moine a dû intervenir pour empêcher un des hommes, qui était pourtant du même peuple que celui atteint du mal mystérieux, de mettre le feu à la hutte.

Mongo, pour sa part, déployait des trésors de diplomatie, mais personne ne l'écoutait. Dans l'atmosphère de déréliction qui baignait le village depuis des mois, il n'avait presque plus d'influence sur ses habitants, à l'exception de ceux de sa propre tribu.

À peine avait-on éteint la torche de celui qui voulait incendier la cabane du malade qu'une demi-douzaine d'hommes se précipitaient vers elle. Ils s'étaient confectionné des masques bizarres avec des plumes et des dépouilles animales, et ils avaient l'air de monstres baroques sortis des pires cauchemars.

Mongo et quelques-uns des siens ont tenté de les arrêter, mais ils ont été submergés par une troupe nombreuse et ils n'ont pas pu avoir le dessus. Les hommes masqués sont entrés dans la hutte en poussant des hurlements, puis en sont ressortis en portant la paillasse sur laquelle était allongé le malade, comme s'ils voulaient à tout prix éviter le moindre contact avec lui.

Le pauvre homme était trop faible pour réagir, et ses ravisseurs se sont dirigés d'un pas ferme vers le fleuve tandis que Mongo et ses hommes essayaient d'échapper au flot hostile qui les endiguait. J'ai suivi Touman, Le Moine et quelques autres qui se hâtaient vers la rive.

Louise ne m'accompagnait pas et j'en étais soulagé. Elle était restée à la cabane pour veiller sur maman, qui se sentait faible depuis quelques jours et demeurait couchée.

Lorsque nous sommes enfin parvenus au fleuve, les hommes masqués avaient déjà ligoté le malade à un tronc qui avait été abattu parmi d'autres, quelques semaines auparavant, en vue de consolider une de nos constructions qui avait souffert des intempéries.

Personne n'a pu intervenir. Les masques venaient de lancer leur victime dans le fleuve. Celui-ci, grossi des pluies incessantes des derniers jours, charriait des eaux boueuses et tourbillonnantes dans un flux impétueux.

Le tronc d'arbre est parti comme un fétu de paille dans le courant violent, avec le pauvre homme qui s'y trouvait attaché. Nous avons entendu un cri faible et désespéré, puis le malheureux a disparu dans les remous, emporté à jamais par ces eaux qui, en ce qui nous concernait, marquaient la limite de notre prison.

Les hommes masqués se sont tournés vers nous, nous opposant leurs faces à la fois grotesques et menaçantes. L'un d'eux s'est avancé vers notre groupe, alors que Mongo venait enfin de nous rejoindre. Il a prononcé quelques mots, puis s'est détourné et est reparti vers le village avec les autres.

Mongo est resté un long moment silencieux, tête baissée. Puis il a laissé tomber d'une voix sourde :

— Il a dit que le sacrifice d'un seul pouvait sauver la vie des autres.

Puis, sans rien ajouter, il s'est dirigé à pas lents vers le village.

Nous l'avons tous suivi, perplexes. La violence et la soudaineté de l'action ne m'avaient pas laissé le temps de réfléchir, et je n'avais vu que l'horreur de l'acte accompli par les hommes masqués.

Sur le moment, la vue de cet homme lié à un tronc et envoyé à une mort horrible m'avait révulsé, mais à présent je me demandais si, du point de vue de notre communauté, le geste n'avait pas été salutaire.

Je m'en voulais de penser ainsi — je revoyais encore l'infortuné disparaissant dans l'écume furieuse en hurlant —, mais j'avais également des visions terrifiantes de cadavres jonchant les rues de villes en ruine, telles que j'en avais vu, enfant, dans des livres relatant le temps de la peste, avec force gravures épouvantables où figuraient d'ailleurs aussi des hommes portant des masques d'oiseaux de proie.

Remarquant ma figure sombre, Le Moine a posé sa main sur mon épaule.

— Il le fallait, a-t-il murmuré, comme pour me réconforter.

— Ce n'est pas certain, a commenté d'un air funèbre Lelgoualch, qui marchait juste derrière nous. Lorsque la fièvre se déclare ainsi chez un malade, il est probable qu'elle couve déjà chez d'autres. Je crains que d'autres cas ne se déclarent bientôt. Et nous ne pourrons pas jeter tout le monde dans le fleuve…

Soudain, j'ai pensé à maman, qui ne s'était pas levée ce matin. Était-elle déjà atteinte, elle aussi ? La panique m'a alors saisi et j'ai accéléré mon allure. Lelgoualch a dû penser qu'il m'avait choqué et il m'a rattrapé.

— Excuse-moi, mon garçon, a-t-il déclaré en s'efforçant de mettre un peu d'entrain dans sa voix. Rien n'est certain, c'était peut-être un cas isolé…

Je ne l'ai pas laissé continuer.

— Rien n'est certain, peut-être, me suis-je écrié, mais tout est possible !

Tout en continuant d'avancer d'un pas vif, je lui ai décrit la situation de maman. Lelgoualch s'est immobilisé, bouche bée. Le Moine, qui avait entendu lui aussi, avait le visage grave.

— Tonnerre ! s'est exclamé Lelgoualch. Il n'y a pas un instant à perdre.

Aussitôt, il est parti au pas de course.

— Surtout, ne dis rien à personne, a murmuré Le Moine en passant près de moi et en m'empoignant par le bras. Nous pourrions provoquer une catastrophe.

Quelques instants plus tard, nous arrivions tous les trois devant notre cabane. Lelgoualch est entré sans s'annoncer. Même si ce genre de protocole n'existait pas à Eutopia, personne ne s'était jamais introduit de la sorte chez nous.

Louise a sursauté en nous voyant, presque effrayée. Debout sur le seuil de la chambre de ma mère, elle nous dévisageait, étonnée de cette visite aussi brutale. La voix de ma mère s'est fait entendre dans son dos.

— Que se passe-t-il ? J'ai entendu des cris dans le village. Une attaque ?

Presque aussitôt, elle est apparue, pâle, se tenant d'une main au chambranle.

— Comment te sens-tu ? a dit Le Moine d'une voix tremblante.

— Aussi bien que toi, je pense, a répliqué Rachel avec un sourire. Tu es blême comme une nonne.

— Tu n'as pas de fièvre ? a repris Le Moine sans relever l'ironie.

— Non, je me sens un peu faible, c'est tout. Je rêve de fruits frais, de salade. Je crois que je dévorerais un chou-rave ou un navet avec plaisir.

Puis, comme remarquant enfin nos mines alarmées, elle a demandé d'un ton inquiet :

— Quelque chose de grave est arrivé, n'est-ce pas ?

Le Moine lui a alors raconté l'épisode du malade de la fièvre et des hommes masqués. Louise a poussé un cri en portant ses mains à son visage. Maman lui a posé la main sur l'épaule pour la calmer.

— Je suis lasse et nerveuse, mais je n'ai pas de fièvre, a-t-elle dit. Pas encore. Le danger est pourtant là et il ne faut pas le minimiser. N'y a-t-il aucun moyen d'endiguer ce mal s'il venait à se répandre ? Des herbes ? Sogolon connaît peut-être des remèdes.

— Je ne sais pas, a répondu Lelgoualch. J'ai essayé, mais sans succès. Cette maladie ne ressemble pas à ce que j'ai pu voir sur les bateaux depuis que je navigue. Et Sogolon ne connaît pas plus que moi la flore de ce pays. Les boucaniers, peut-être ?

— J'en ai déjà discuté avec Touman, est intervenu Le Moine. Les boucaniers ont en général de bons contacts avec les Indiens, c'est vrai, mais lui et les hommes de Régalec sont soit des marins déserteurs, soit d'anciens esclaves qui n'ont pas connu l'aventure des premiers Frères de la côte. Ils ont surtout vécu de contrebande et de rapines, et ils ont peu fréquenté les rares Caribes vivant encore dans les Îles.

— Que faire si d'autres cas surviennent? a demandé maman.

Il y a eu un long silence. Louise s'était rapprochée et, tout en se collant sur moi, elle me serrait convulsivement la main. Je me suis alors demandé pourquoi le village avait été abandonné une fois déjà.

Lorsque nous l'avions découvert, nous n'y avions trouvé nulle trace de guerre ou de violence. La maladie l'avait-elle déjà frappé? Les survivants s'étaient-ils enfuis après avoir enterré ou jeté dans le fleuve leurs morts?

Sans doute les autres venaient-ils d'avoir la même idée, car Lelgoualch a repris à voix basse:

— Nous ne pourrons pas isoler les malades — si tant est que nous puissions les sauver des hommes aux masques. Nous sommes isolés nous-mêmes. Ce genre de maladie peut décimer des villages entiers.

— Nous éparpiller par petits groupes pendant qu'il en est encore temps? a suggéré Le Moine.

— Et propager la maladie tout en nous isolant davantage? a laissé tomber ma mère avec amertume. Je ne crois pas que ce soit une solution. D'ailleurs, comment savoir qui est malade et qui ne l'est pas avant que la fièvre se déclare et qu'il soit déjà trop tard ?

Des cris provenant du côté de la forêt nous ont brusquement tirés de nos réflexions. Un autre malade ? Une autre exécution ?

Nous nous sommes précipités à l'extérieur. Maman s'appuyait sur l'épaule de Le Moine et Louise, que la peur ne lâchait plus, se cramponnait à mon bras.

Une bonne partie des habitants du village étaient massés près de l'orée de la forêt. Nous les avons rejoints. Tous étaient armés et regardaient vers les arbres tout proches.

Au début, je n'ai rien vu. J'avais beau écarquiller les yeux, je ne comprenais pas ce qui pouvait susciter un tel intérêt et une telle inquiétude. Puis je les ai distingués.

Minces silhouettes immobiles sous les feuillages avec lesquels ils se confondaient presque, ils étaient armés d'arcs longs et fins. Leurs cheveux étaient raides et noirs, leur peau cuivrée et barbouillée de zébrures brunes et verdâtres. Il m'était impossible de dire leur nombre.

Sans un mot, le regard impénétrable, ils nous dévisageaient avec attention. L'un d'entre eux, qui paraissait être leur chef, tenait entre ses mains un fusil. Un fusil de boucanier.

Tout à coup, maman s'est mise à trembler de tout son corps, et Le Moine a dû la saisir à bras-le-corps pour éviter qu'elle ne s'écroule sur le sol.

— Elle est brûlante, a-t-il annoncé.

5

LA FIÈVRE

Je ne me souviens pas avec précision de ce qui s'est passé dans les instants qui ont suivi. La panique m'a submergé et je n'ai fait que suivre Le Moine sans prendre la moindre initiative.

Celui-ci a pris ma mère dans ses bras et l'a emportée vers notre cabane, suivi par Lelgoualch. Désemparé, je me suis laissé entraîner par Louise, qui n'avait pas lâché ma main. En me retournant, j'ai aperçu les Indiens, toujours immobiles à l'orée de la forêt.

Allaient-ils fondre sur nous pour nous exterminer? Comment se trouvaient-ils en possession d'un fusil de boucanier? Et ma mère? Elle avait prétendu être simplement fatiguée, mais j'en étais sûr à présent: elle avait contracté la fièvre fatale!

Tournant la tête une dernière fois, j'ai vu les boucaniers, Touman en tête, s'avancer vers les guerriers indigènes, fusil en main et coutelas à la ceinture. Mongo et les siens se tenaient en retrait, sur leurs gardes. Les rares enfants du village avaient été emmenés à l'abri par leurs mères.

Je me suis senti inutile et impuissant, tant devant la maladie de ma mère que face à l'intrusion de ces inconnus dont nous ignorions tout des intentions.

Rendu à la cabane, Le Moine a déposé ma mère sur sa couche. Son corps était agité de longs frissons. Lelgoualch a posé sa main sur son front.

— Je crains le pire, a-t-il commenté.

Louise a enfin lâché ma main et elle s'est agenouillée près de maman. Elle a posé sa tête sur sa poitrine tout en caressant son front et en murmurant des mots que je ne comprenais pas.

Maman a ouvert les yeux et lui a souri, puis elle l'a repoussée.

— Ne t'approche pas, Louise, a-t-elle chuchoté. Tu ne ferais qu'attraper mon mal. Va plutôt me chercher à boire, j'ai terriblement soif.

Louise est sortie aussitôt. Il y avait une source au pied de la colline, non loin de la cabane — c'était pour cette raison, entre autres, que Le Moine en avait choisi l'emplacement. Aussitôt que Louise a disparu, ma mère s'est redressée et elle a articulé avec peine :

— Ne restez pas ici, c'est inutile. Allez plutôt voir ce qui se passe avec nos visiteurs et fermez la porte en partant. Personne ne doit plus entrer ici. Gilles, ne laisse pas Louise revenir.

— Mais…

— Ne discute pas. Personne ne doit savoir. Cela déclencherait de nouveau la panique et je ne tiens pas à finir dans le fleuve attachée à un tronc. Et puis, c'est peut-être une chance que…

Elle n'a pas pu continuer. Une violente poussée de fièvre l'a fait retomber sur sa couche. Lelgoualch l'a recouverte d'une couverture et nous a fait sortir.

— Je reviendrai moi-même avec de l'eau tout à l'heure, a-t-il déclaré. Elle transpire beaucoup et il ne faut pas qu'elle se déshydrate. Vous autres, faites comme elle a dit.

Nous avons quitté la cabane. J'étais à la fois enragé et désespéré. Intrigué, aussi. Qu'avait-elle voulu dire quand l'accès de fièvre l'avait terrassée ?

Dehors, nous sommes tombés sur Louise qui revenait avec une gourde. J'ai eu toutes les peines du monde à l'empêcher d'entrer. Lelgoualch lui a pris la gourde des mains et il est retourné à l'intérieur, puis il a barré la porte.

J'ai voulu entraîner Louise avec moi, mais elle devenue comme folle. Elle s'est arrachée à ma prise et s'est mise à hurler tout en tambourinant contre la porte. Je l'ai saisie par les épaules pour la calmer, mais les choses n'ont fait qu'empirer.

— Tu es un sans-cœur, Gilles! a-t-elle crié au milieu de ses larmes. Tu veux donc laisser mourir ta mère? Va-t'en, puisque c'est tout ce que tu sais faire!

Je n'ai su que répondre. Paralysé par la honte et l'injustice de cette réaction, je ne pouvais que regarder Louise de mes yeux humides, bouche bée. Le Moine m'a pris par le bras et m'a emmené avec lui.

— Laisse-la, m'a-t-il dit à voix basse après quelques pas. Tu n'y peux rien pour l'instant. Et il y a des problèmes plus importants à régler en ce moment.

Des problèmes? Quels problèmes pouvaient donc m'affecter en cet instant où ma mère se mourait et où celle qui faisait toute ma joie me repoussait avec mépris?

Tant que maman avait pris en main son propre destin, je l'avais suivie, jusque dans les pires combats, en dépit de la mollesse de mon caractère. J'avais tué pour elle. Mais, à présent qu'elle était malade, je me sentais vidé de ma volonté.

J'ai emboîté le pas à Le Moine comme un automate.

Lorsque nous avons rejoint les boucaniers, ceux-ci semblaient en grande conversation avec les Indiens. C'était La Gueuse qui servait d'intermédiaire. Le Moine s'en est étonné. Casse-Pipe, qui se trouvait près de nous, nous a donné l'explication.

Lorsque les boucaniers s'étaient avancés vers les arbres, à pas lents pour ne pas provoquer une réaction violente, le chef s'était approché d'eux et avait déclaré, d'une voix gutturale et maladroite, quelque chose comme « roudeu dar ».

Touman et ses compagnons avaient pensé que l'homme s'était exprimé dans sa langue, mais La Gueuse, intrigué, s'était avancé vers lui et avait prononcé quelques mots en hollandais. Le chef des guerriers indigènes avait alors hoché la tête et il avait répondu dans la même langue, non sans de multiples hésitations.

Enfin, après une longue discussion un peu chaotique et accompagnée de force gestes, La Gueuse avait révélé la clé du mystère, tant de la langue parlée par ce sauvage sorti de la forêt que de la possession par ce dernier d'un fusil que Lafleur avait d'ailleurs identifié comme étant le sien.

Quelques mois auparavant, les hommes d'une tribu menée par Kailawa avaient recueilli près de leur village, à une demi-douzaine de jours de marche d'Eutopia, un homme blanc qui agonisait près du fleuve. Ils l'avaient ramené dans leur village sur des brancards et l'avaient soigné.

L'homme — c'était Jordaens — avait peu à peu récupéré et il avait survécu quelques mois encore avant de s'éteindre à la suite d'une morsure d'araignée. Kailawa, qui n'avait jamais vu d'homme de ce genre auparavant, avait passé beaucoup de temps avec lui et avait fini par apprendre quelques rudiments de sa langue.

En mourant, Jordaens lui avait laissé son fusil — ce fusil que ses compagnons avaient effectivement dérobé à Lafleur pour le lui remettre et augmenter ses chances de survie. Kailawa n'en connaissait pas le maniement (il ne restait d'ailleurs plus de poudre depuis longtemps), et il l'utilisait tout à la fois comme sceptre et comme bâton de marche.

Quelques jours plus tôt, Kailawa et ses hommes s'étaient mis en marche le long du fleuve, curieux de savoir si d'autres hommes semblables à Jordaens y vivaient, ce qu'ils avaient cru comprendre des discours parfois incohérents du Hollandais, que la fièvre n'avait jamais abandonné.

C'est ainsi qu'ils étaient arrivés à Eutopia, où ils avaient salué les habitants d'un maladroit *Goeden Dag*, ce qui signifie tout simplement «bonjour» en hollandais.

Leur surprise, il faut le dire, avait été de taille: Jordaens était blond, barbu, sa peau était blême et Kailawa s'imaginait que tous les hommes étrangers devaient lui ressembler.

Ses intentions n'étaient pas belliqueuses — Eutopia se trouvait trop loin de leur propre village et ne les gênait pas —, mais la méfiance demeurait tenace de notre côté, surtout chez les Africains, qui avaient développé un fort sentiment territorial et à qui la rencontre avec des peuples étrangers n'avait jamais rien apporté de bon.

Les boucaniers, eux, savaient au contraire que les échanges avec un peuple indigène ne pouvaient qu'améliorer leur situation.

Touman, qui venait de nous apercevoir, s'est approché de Le Moine.

— Qu'est-il arrivé à Rachel?

— Rien, a bredouillé Le Moine. Elle se sent faible.

— Arrête, Le Moine! a répliqué Touman. Tu me prends pour un imbécile? La Gueuse aussi l'a compris. C'est la fièvre, n'est-ce pas?

— Inutile de le crier sur les toits. La fièvre est parmi nous et la panique peut se déclencher de nouveau au moindre cas déclaré.

— Tu as raison, mais tout n'est pas perdu. Ces hommes viennent en paix et ils pourraient apporter une solution à nos problèmes.

Le Moine a hoché la tête, puis s'est tourné vers les Indiens. Kailawa et ses hommes n'avaient pas bougé d'un pouce depuis leur apparition. Ils semblaient pacifiques, en effet, mais j'avais du mal à interpréter l'expression de leur visage. Leur impassibilité pouvait dissimuler n'importe quel sentiment.

Les yeux de leur chef se posaient sur chacun d'entre nous avec une sorte d'étonnement constant, comme s'il saisissait mal quel genre de peuple nous formions. Peut-être aussi, ne parvenant à comprendre qui était notre chef, se demandait-il à qui il devait s'adresser en priorité pour ne pas commettre un impair.

Mongo, en particulier, semblait le fasciner, mais ce dernier demeurait en retrait et se contentait d'observer et d'écouter. En voyant arriver Le Moine, il avait paru hésiter: la haute taille de notre ami et son maintien en imposaient.

Finalement, La Gueuse, après en avoir touché un mot à Touman, à Le Moine et à Mongo, a invité Kailawa et ses hommes à se joindre à nous au milieu du village, où une sorte de place avait été aménagée dès notre installation pour y jouer le rôle d'un forum.

Nul ne savait ce qu'il convenait de faire ou de dire. Les boucaniers pensaient offrir de quoi manger, sans autre formalité, mais Le Moine et Mongo étaient d'avis qu'un peu de cérémonial ne pouvait pas faire de mal. Le problème était que seul le chef semblait connaître quelques mots de hollandais. Aucun des hommes, depuis le début, n'avait ouvert la bouche ni proféré le moindre son.

Pour ma part, j'étais tellement préoccupé par le sort de maman et par l'attitude de Louise que je me sentais plutôt absent.

Pourtant, Touman avait dit que les hommes de Kailawa pouvaient apporter une solution à nos problèmes. Sur le moment, j'avais pensé qu'il parlait de l'absence totale de légumes et de fruits dans notre communauté, puisque c'étaient déjà les Caribes qui, autrefois, avaient appris aux Frères de la côte à reconnaître et à cultiver les espèces locales comestibles.

Mais comment pouvait-il penser à manger quand nous n'étions même pas sûrs de vivre encore dans quelques semaines! La situation commençait à s'éterniser lorsque Kailawa s'est arrêté au milieu d'une phrase, bouche bée, le visage tourné vers quelque chose qui devait se trouver dans mon dos.

Je me suis retourné, imité par beaucoup d'autres. La frêle silhouette de Louise venait d'apparaître à l'extrémité de la place. Intimidée par tous ces visages qui la regardaient à présent, elle s'est immobilisée. La connaissant, je m'attendais à ce qu'elle rougisse mais, au contraire, elle était blanche comme un linge.

Elle était vêtue comme à son habitude, en mousse, même si son sexe n'était plus un mystère pour personne dans le village depuis l'affaire Jordaens. D'ailleurs, elle ne coupait plus ses cheveux, qui lui auréolaient le visage d'une gracieuse crinière dorée.

Au milieu de tous ces hommes sales, barbus, au visage souvent couturé de cicatrices, elle avait l'air d'un ange descendu sur terre. Pendant un court instant, je n'ai plus vu qu'elle...

Existait-il quelque chose comme des anges dans la religion de la tribu de Kailawa? Je l'ignorais, mais force était de constater que ce dernier semblait lui aussi subjugué par la soudaine apparition de Louise.

Trop heureux de trouver ce prétexte pour rompre mon apathie, je me suis levé et me suis dirigé vers elle. Ses traits étaient tirés et elle tremblait de tous ses membres. Je lui ai pris la main, sans qu'elle la retire.

— Comment va ma mère? ai-je chuchoté.

— Mal. Elle est très agitée et elle a commencé à délirer. Lelgoualch ne veut pas que j'entre dans la cabane. Est-ce que tu crois…

Louise s'est tue, le visage décomposé. Puis elle a repris, d'une voix à peine audible:

— Tu crois qu'on va la jeter dans le fleuve, elle aussi?

Je n'ai pas répondu. Kailawa s'était levé à son tour et il se dirigeait vers nous. Du coin de l'œil, j'ai vu des poings se crisper sur les manches de coutelas. Le Moine et Mongo se sont rapprochés, visage tendu, prêts à intervenir.

Kailawa les a ignorés. Il s'est planté devant Louise, qui réprimait ses frissons à grand-peine, et il l'a regardée dans les yeux avec ce qui pouvait passer pour un sourire. Puis il a plongé la main dans une minuscule besace accrochée à une mince ceinture et il en a retiré quelques feuilles qu'il a écrasées entre ses doigts.

Enfin, il a passé ses mains sur le front et sur les tempes de Louise qui, à ma grande surprise, l'a laissé procéder à ces attouchements en fermant les yeux.

Très vite, les frissons de mon amie se sont calmés et son visage s'est apaisé. Kailawa a hoché la tête, satisfait. Alors Touman a fait signe à La Gueuse et lui a dit:

— Demande-lui de me suivre.

6

AU CŒUR DE L'ENFER

Nous avons marché dans la forêt pendant plus de dix jours, luttant du matin au soir et du soir au matin contre les insectes, les plantes aux épines ou aux feuilles empoisonnées et les pièges de toute espèce qui se dissimulaient sous le moindre brin d'herbe, nous méfiant sans relâche des dards venimeux et des dents acérées qui infestaient le moindre trou d'eau.

Touman et Le Moine, qui cédaient leur place, quand ils n'en pouvaient plus, à un des Indiens, à Mongo, à Urrutia ou à moi-même, transportaient ma mère à demi inconsciente dans un palanquin grossièrement construit avec des lianes, sorte de hamac, en fait, suspendu à chaque extrémité d'une longue branche qu'ils calaient sur leur épaule.

De temps en temps, Kailawa s'approchait pour lui frotter le front et les tempes avec des herbes qu'il puisait dans sa besace. Puis il murmurait quelque chose et reprenait la tête du cortège, silencieux, infatigable.

Louise marchait derrière moi et je me retournais souvent, craignant de la voir soudain disparaître dans un marigot invisible, ou frappée par une de ces menaces innombrables qui hantaient la pénombre de la forêt.

Parfois, lorsqu'elle n'en pouvait plus, elle tentait de s'appuyer sur mon épaule, mais le sentier que nous suivions en trébuchant — à peine une trace dans une végétation luxuriante et hostile — n'était pas assez large pour que deux personnes s'y tiennent de front, et elle devait vite renoncer à mon aide.

La chaleur était intolérable et même les boucaniers, pourtant habitués à ce genre de climat, soufflaient comme des bœufs; s'ils ne juraient plus à tout bout de champ, c'était uniquement parce que, comme nous tous, ils étaient exténués. Seuls les Indiens paraissaient insensibles à cette atmosphère délétère.

Kailawa marchait en tête, le fusil de boucanier à la main. Il le tenait par le canon, crosse vers le haut, tel un emblème de sa dignité. Le bout du canon était rouillé et plein de terre, mais peu importait pour le chef, qui ne s'en séparait jamais.

Lafleur, à qui appartenait ce fusil, avait bien entendu essayé de le récupérer, mais cela avait failli provoquer un incident. Le reprendre par la force aurait été impossible sans déclencher un massacre, les boucaniers l'avaient compris tout de suite, mais les négociations autant que la ruse avaient échoué. Kailawa ne semblait pas comprendre la notion de propriété, et l'objet, lui ayant été « légué » par Jordaens sur son lit de mort, ne pouvait se trouver en d'autres mains que les siennes.

Ulcéré, Lafleur avait dû céder, comprenant qu'il ne reverrait jamais son arme à moins de provoquer une guerre meurtrière. Touman l'avait consolé en lui disant que, dans son état, le fusil était sans doute hors d'usage depuis longtemps.

Le dixième jour, nous étions tous à ce point brisés par la fatigue, la chaleur, les piqûres d'insectes et les lacérations dues aux herbes coupantes que nous ressemblions à une longue cohorte de fantômes égarée sous les arbres. Comment en étions-nous arrivés là ?

Louise, contrairement à ce que tout le monde aurait pu croire, n'avait pas contracté la fièvre. Ses tremblements, lorsqu'elle était arrivée sur la place du village, étaient dus à une trop forte émotion. L'angoisse que lui avait causée l'état de ma mère et la vue de la foule d'hommes en armes, Indiens, Africains et boucaniers, l'avaient remplie de terreur.

Kailawa, toutefois, l'avait crue malade et, subjugué par l'apparence de la jeune fille, il s'était avancé vers elle pour soulager son mal — fréquent dans la région — grâce à un mélange d'herbes médicinales dont il portait toujours une réserve sur lui. L'effet apaisant produit sur Louise était davantage venu de la douceur de Kailawa que des vertus curatives du remède.

Touman avait compris que cet homme avait le pouvoir d'enrayer cette maladie qui avait déjà provoqué la panique dans notre communauté et qui risquait de la décimer, si elle était aussi contagieuse qu'il le craignait.

La Gueuse avait donc conduit Kailawa à la cabane de Rachel pour la lui présenter comme une des responsables du village afin de ne pas dévoiler à tous qu'elle était déjà atteinte du mal inconnu.

Il avait fallu parlementer quelques instants avec Lelgoualch avant que celui-ci ouvre la porte. Ma mère était en proie au délire et le reconnaissait à peine, et il voulait éviter ce spectacle, tant à moi-même qu'aux villageois, pour des raisons différentes.

Le charpentier avait enfin laissé entrer La Gueuse et Kailawa. Ce dernier avait appliqué ses herbes froissées sur le front de maman, qui s'était un peu calmée.

L'homme, pourtant, était resté soucieux. Il avait expliqué à Lelgoualch que son traitement n'était pas un véritable remède à la fièvre, qui était fatale à terme, mais qu'il ne pouvait qu'en retarder les effets de façon temporaire. Une guérison complète ne pourrait être envisagée que dans son propre village, où le guérisseur de la tribu aurait la science et les moyens d'y procéder.

Kailawa avait donc offert d'emporter la malade avec lui, et d'apprendre à notre «homme-médecine» à reconnaître différentes herbes curatives pour l'avenir.

Ma mère n'était pas assez lucide pour prendre une telle décision, même si elle était la première concernée. Lelgoualch était donc sorti de la cabane pour me transmettre la proposition de Kailawa.

Avais-je une autre solution que d'accepter? Je n'y mettais qu'une condition: j'accompagnerais ma mère dans son voyage. Aussitôt, Louise s'était exclamée qu'elle ne la quitterait jamais, et Le Moine, qui n'avait pourtant jamais exposé au grand jour ses sentiments pour Rachel, avait ajouté qu'il ne l'abandonnerait pas davantage, ayant juré de la suivre jusqu'au bout.

Enfin, il avait été décidé que La Gueuse, qui seul pouvait nous servir d'interprète, serait de l'expédition lui aussi.

Touman hésitait. L'atmosphère tendue qui régnait au village depuis des semaines ne lui convenait pas. Il craignait, de plus, qu'après le départ de Rachel et de Le Moine on ne le considère de facto comme le chef du village, situation qu'il ne tenait nullement à assumer.

— Si je refuse toute autorité, je ne me vois pas l'exercer moi-même sur qui que ce soit, avait-il commenté pour se justifier. Après tout, si Kailawa accepte avec lui qui veut bien le suivre, qui pourrait m'empêcher de le faire ? J'ai besoin d'air.

Ce dernier ayant manifesté son accord, il avait donc été décidé que Le Moine, La Gueuse, Touman, Louise et moi-même serions du voyage.

Lelgoualch, pour sa part, avait refusé. Il ne pouvait accepter, disait-il, d'abandonner le village dans ces circonstances. Il avait soigneusement observé les herbes utilisées par Kailawa contre la fièvre et il en chercherait ici même pour préserver la communauté d'une éventuelle extension de la maladie.

Nous l'avions approuvé, et nous pensions que la question était réglée ainsi. Après avoir fait à Kailawa quelques cadeaux en remerciement pour son aide — dont un couteau et une ceinture de cuir —, nous étions prêts à quitter Eutopia.

Les Indiens avaient construit en quelques instants un palanquin rudimentaire, que Le Moine et Touman avaient insisté pour porter eux-mêmes. Ce n'est qu'au moment du départ que les choses s'étaient compliquées.

Découvrant l'état de ma mère, les hommes du village s'étaient mis à pousser des cris d'indignation. Le malheur était sur eux, prétendaient-ils. On leur avait caché la maladie de Rachel et les «conspirateurs» avaient comploté en vue d'abandonner le village alors que le mal était plus menaçant que jamais.

Les Espagnols et les Hollandais étaient les plus virulents dans leurs attaques, mais de nombreux Noirs prenaient leur parti et le village était profondément divisé.

Pour éviter que la situation dégénère, Le Moine avait allégué que seule Rachel était atteinte en ce moment et que, si elle et ceux qui l'avaient côtoyée s'éloignaient, le village n'en serait que plus sûr.

L'argument avait porté et les protestataires s'étaient éloignés de nous comme si nous avions été des pestiférés. La haine, cependant, était lisible sur leur visage.

Cette haine, je le savais, n'était pas nouvelle. Elle empoisonnait le village depuis des mois, sourde et rampante, mais l'événement inattendu qu'avait constitué l'arrivée de Kailawa et de ses hommes avait eu l'effet d'une étincelle sur un baril de poudre.

Je me rendais compte que nous ne quittions pas notre village pour un court voyage sanitaire, mais que nous étions ni plus ni moins bannis de celui-ci, expulsés comme des porteurs de tares.

Je n'étais pas le seul à penser ainsi. Alors que nous nous mettions en marche, Urrutia s'est détaché de son groupe pour s'avancer vers nous, toutes ses armes passées dans sa ceinture comme s'il partait en guerre. Touman et Le Moine se sont raidis, portant la main vers le manche de leur coutelas.

— Tout doux, compagnons, a-t-il fait de sa voix rocailleuse en remarquant leur geste. Je crois que l'air d'ici ne me convient plus. Si vous m'acceptez parmi vous, je me ferai un plaisir de vous accompagner. J'ai quitté mon village natal il y a bien longtemps pour des raisons qui n'ont plus aucune importance aujourd'hui, mais je n'ai pas l'intention de moisir dans celui-ci. J'ai besoin de défis.

La Gueuse a glissé quelques mots à Kailawa, qui lui a répondu par un simple sourire avant de se mettre en marche. Urrutia nous a emboîté le pas sans rien ajouter.

La forêt, jusqu'à une journée de marche du village, ne nous était plus inconnue. Nous l'avions souvent parcourue pour la chasse, mais sans jamais nous éloigner des sentiers ni des abords du fleuve, qui demeurait pour nous le seul repère fiable dans ce monde furieusement vert et difficilement pénétrable.

Très vite, pourtant, Kailawa s'est écarté des traces laissées par les chasseurs d'Eutopia pour suivre un chemin qui lui paraissait tout à fait clair alors qu'il demeurait invisible pour nous. Nous avancions avec une extrême lenteur, toutefois, tant à cause de la difficulté du terrain qu'en raison du portage de ma mère, fort malaisé au cœur de l'exubérante végétation.

Le deuxième jour, nous avons eu une surprise. Nous avions avancé en silence pendant près de trois heures depuis le lever sans nous arrêter lorsqu'un des hommes de Kailawa, qui marchait à l'arrière, nous a dépassés avec une agilité surprenante en nous faisant signe de nous immobiliser.

Kailawa, qui avait troqué son fusil rouillé contre son arc et ses flèches, a rejoint en hâte l'arrière-garde. En un instant, ses hommes et lui se sont évanouis dans la nature et nous nous sommes retrouvés seuls dans la pénombre hostile de l'enfer vert, oppressés à mort par la chaleur, l'humidité et l'angoisse.

Le Moine m'avait déjà dit avoir aperçu de gros animaux dans le sous-bois, aussi rapides que discrets, mais la proximité d'un animal, même d'un fauve redoutable, ne me paraissait pas justifier tout ce branle-bas de combat.

Ce n'est qu'un long moment plus tard que nous avons eu l'explication. Kailawa a reparu en tête de sa troupe, son fusil fétiche de nouveau en main, arc et flèches accrochés dans son dos. Derrière lui, les mains ligotées dans le dos et l'air rageur, Mongo avançait en trébuchant.

Urrutia a retenu un juron, puis, d'un geste lent, il a retiré son coutelas et son couteau de sa ceinture. Les autres l'ont imité aussitôt. Louise s'est pelotonnée contre moi. Que s'était-il passé? Toute cette prétendue opération de sauvetage n'avait-elle été qu'un piège tendu par les Indiens pour nous exterminer par petits groupes plutôt que d'affronter notre communauté tout entière?

Mais, si tel était le cas, pourquoi avoir attendu aussi longtemps ? Depuis la veille au moins, nous aurions dû être criblés de flèches et abandonnés aux charognards. C'est alors que je me suis souvenu du cannibalisme pratiqué par les Caraïbes. Si la tribu de Kailawa se livrait à la même abomination, il était beaucoup plus simple de nous faire marcher jusqu'à son village que de transporter nos cadavres…

À mon tour, j'ai sorti mon couteau, prêt à défendre ma vie et celle de Louise. Kailawa a dû remarquer la tension qui s'était emparée de nous car il s'est soudain arrêté. Il nous a regardés avec un drôle d'air, puis il a dit quelque chose à l'intention de La Gueuse.

Celui-ci a relâché sa garde et nous a traduit :

— Il dit que l'homme qu'ils ont attrapé nous suivait et se préparait à nous attaquer, mais qu'ils l'ont cueilli comme un jeune singe.

À ces mots, Touman s'est relevé et a éclaté d'un rire gras, bientôt imité par Le Moine et La Gueuse. Kailawa est demeuré un instant déconcerté avant de se mettre à rire lui aussi, selon le mode bruyant des boucaniers. Quelques instants plus tard, c'est l'ensemble de ses hommes qui se tenaient les côtes comme si on venait de leur jouer une excellente farce.

— Cessez donc de rire, maudits drôles, et demandez-leur plutôt de me détacher, s'est exclamé Mongo de sa voix déformée, lorsque l'hilarité générale commençait enfin à se calmer.

Une discussion a pu s'amorcer avec Kailawa, à qui Mongo a expliqué qu'il n'était ni un traître ni un assaillant, mais qu'il avait décidé lui aussi de quitter le village pour nous rejoindre. Habitué qu'il était à se déplacer rapidement et presque sans bruit dans la forêt, il admettait qu'il avait pu avoir l'air d'un agresseur. Kailawa a hoché la tête et a fait un signe à ses hommes. Libéré, Mongo a pris place parmi nous et ses armes lui ont été rendues, mais il n'a plus prononcé une parole.

Ce n'est qu'à la nuit tombée, alors que nous tentions de nous reposer malgré le harcèlement des insectes, que Mongo, à voix basse, nous a expliqué ce qui s'était passé.

Depuis longtemps déjà, il avait remarqué que des dissensions existaient entre les hommes de sa tribu et ceux des autres peuples, que les négriers mélangeaient à dessein pour les empêcher de faire front commun contre les maîtres.

À Eutopia, les choses ne s'étaient pas arrangées, au contraire, et l'autorité de Mongo n'était reconnue que par une minorité d'hommes qui lui était restée fidèle : les autres l'accusaient en effet de pactiser avec l'ennemi, c'est-à-dire avec les Blancs, et de vouloir établir avec eux une société dont ils seraient les éternels opprimés.

Petit à petit, l'amertume avait envahi Mongo. Fatigué et déçu, il s'était retiré de la vie publique d'Eutopia, laissant à son fils Labou le soin de s'en occuper si bon lui semblait. Le pouvoir ne l'intéressait plus, ni dans un sens ni dans l'autre. Il voulait se contenter de vivre au jour le jour, loin des intrigues de cour.

Il avait pensé un instant à nous suivre, mais il s'était résolu à demeurer parmi les siens. Le lendemain même de notre départ, pourtant, un événement l'avait fait changer d'avis. Son fils avait été pris d'une fièvre violente et, avant que lui-même ou Lelgoualch ait pu réagir, les hommes masqués, profitant d'un nouveau mouvement de panique, lui avaient fait subir le même sort qu'au premier homme atteint de ce mal.

Déchiré par la douleur, dégoûté de tout, Mongo s'était enfui pour ne pas avoir à passer le reste de sa vie à se venger. Disparaissant dans la forêt, il nous avait suivis à la trace avant de se faire capturer par les guerriers de Kailawa.

7

LE DÉSASTRE

Il nous a fallu une dizaine de jours encore avant de parvenir au village de Kailawa. Nous étions harassés. Ma peau et celle de Louise étaient boursouflées par d'innombrables piqûres et brûlures. Des femmes et des enfants nous regardaient passer. Il y avait de l'étonnement et de la curiosité dans leur regard, mais nulle trace de peur.

Leurs yeux allaient de l'un à l'autre de ces hommes si différents qui composaient notre groupe, mais ils revenaient invariablement à Louise, qui était gênée de cette insistance. Il est vrai que, seule parmi nous tous, elle arborait une magnifique chevelure blond paille.

Nous nous sommes immobilisés sur une sorte de place qui occupait le centre du village. Kailawa nous a désigné une longue case toute proche, où Mongo et Urrutia se sont dirigés.

Maman, dans son hamac de fortune, n'émettait plus un son depuis deux jours, pas même pour se plaindre. Le visage amaigri et jaune, elle avait l'air d'une momie. Kailawa l'a fait transporter dans une hutte de dimensions réduites, à l'extrémité du village.

Là, il l'a fait placer sur une natte, dans le noir, et il nous a demandé de sortir. Un de ses guerriers s'est accroupi devant l'entrée, une lance entre les mains, interdisant à quiconque d'entrer.

Touman est allé rejoindre les autres, mais Le Moine, Louise et moi avons refusé de nous éloigner. Nous nous sommes installés au pied d'un arbre énorme dont le feuillage surplombait la hutte, adossés au tronc, et nous avons commencé à attendre.

Des femmes nous ont apporté à boire et à manger, un genre de galettes au goût étrange que, affamés comme nous l'étions, nous avons dévorées sans poser de questions. Elles nous ont aussi donné des légumes que je n'avais jamais vus, sortes de bulbes ou de racines, mais qui, après le régime exclusivement carné des chasseurs dans la forêt et à Eutopia, ont été fort appréciés.

Des enfants se tenaient en permanence autour de nous, insensibles, semblait-il, à l'étouffante chaleur qui nous accablait, nous dévisageant en souriant tandis que nous mangions en silence.

Puis, alors que je luttais pour ne pas m'endormir dans l'intenable chaleur de l'après-midi, un vieillard est arrivé, suivi d'un homme jeune qui portait un énorme panier rond fait de lianes tressées.

L'homme de garde s'est effacé et les deux personnages ont pénétré dans la case. Louise s'est précipitée pour les suivre, mais le gardien a repris sa place et l'a repoussée, fermement mais sans rudesse. Malgré son désir de se rapprocher de ma mère, elle a compris qu'il était inutile d'insister et elle est venue se rasseoir près de nous.

L'entrée de la hutte a été fermée de l'intérieur par une sorte de couverture épaisse. Bientôt, une fumée âcre s'est élevée du toit, par la seule issue libre de la cabane. Puis l'homme le plus jeune est ressorti et s'est éloigné d'un pas vif.

Il est revenu près d'une heure plus tard, traînant avec lui au bout d'une corde un animal que je n'avais jamais vu auparavant. On aurait dit une sorte de hérisson, mais beaucoup plus gros que ceux qui m'étaient familiers. Et, surtout, ses piquants, noirs et blancs, étaient incomparablement plus longs.

L'animal émettait des gémissements de bébé, mais il suivait bon gré mal gré l'homme qui l'amenait en évitant avec soin tout contact avec lui. Le garde s'est de nouveau écarté, et l'homme et la bête ont disparu dans la hutte.

La fumée s'est encore épaissie au-dessus du toit, et son odeur suffocante nous a pris à la gorge. À l'intérieur, l'atmosphère devait être irrespirable.

Tout à coup, un cri atroce a retenti. Un hurlement long et rauque, à glacer le sang, comme j'en avais parfois entendu la nuit dans la forêt. Sauf que, cette fois, l'horrible son ne provenait pas des arbres mais de la hutte toute proche !

Il m'a fallu un certain temps avant de reconnaître, sous la stridence de ce cri, la voix de ma mère. Ni singe ni bête de la forêt : c'était elle qui hurlait ainsi sa douleur. J'avais l'impression que ce râle abominable me pénétrait jusqu'aux os.

Le Moine, Louise et moi, sortant de notre torpeur, nous sommes redressés d'un bond. Je me suis précipité vers la hutte, talonné par Louise. L'homme armé s'est aussitôt inter-posé. J'ai sorti mon couteau de ma ceinture, même si je me rendais compte que, vu la longueur de son arme, mon adversaire aurait tout le temps de m'embrocher avant que je puisse seulement l'atteindre.

Le Moine m'a rattrapé et m'a posé la main sur l'épaule.

— Laisse! a-t-il lancé d'une voix ferme. Je suppose qu'ils savent ce qu'ils font…

— Moi aussi, je le sais! s'est écriée Louise. Ils sont en train de la torturer!

Le hurlement de douleur, dans la hutte enfumée, commençait pourtant à diminuer. Moins, me semblait-il, à cause de la disparition de la douleur que parce que ma mère, épuisée, n'avait plus la force d'émettre un son aussi violent.

De l'autre bout du village, Touman, Mongo et La Gueuse arrivaient en courant, hors d'haleine, un coutelas dans chaque main. Les habitants du village, eux, ne paraissaient pas le moins du monde alarmés par le vacarme et l'agitation.

— Ils sont en train de la tuer! vociférait Louise.

Le Moine essayait de la retenir alors qu'elle voulait se jeter sur le gardien qui, impassible, tenait toujours sa lance dirigée vers nous. Mais Louise se cabrait, ruait, mordait et griffait de telle sorte que notre compagnon a dû lâcher prise.

Louise allait se lancer sur l'arme pointée sur elle lorsque la couverture qui servait de porte s'est soulevée, livrant passage au vieillard qui était demeuré enfermé pendant toute l'opération.

Des cheveux et du pagne de celui-ci s'échappait encore de la fumée qui devait emplir la hutte. Il avait l'air d'une sorte de démon comme on en voyait dans les représentations naïves de l'enfer que j'avais regardées avec terreur dans les livres avant même de savoir lire.

Le regard du vieil homme, pourtant, ne correspondait pas à l'image infernale évoquée par le reste de son apparence. Ses yeux noirs se sont posés sur Louise avec insistance et, à ma grande stupeur, cette dernière s'est calmée. Elle s'est mise à bredouiller :

— Que… que lui avez-vous fait ?

L'homme a émis quelques mots incompréhensibles puis, tournant les talons, il est reparti sans hâte. Pensant que la voie était libre, j'ai pris la main de mon amie et j'ai fait un pas vers la porte. Aussitôt, la pointe de la lance s'est posée sur ma poitrine.

— N'insiste pas, a dit Touman en s'approchant de moi. Il n'y a rien d'autre à faire qu'attendre.

— Attendre quoi ? ai-je demandé avec inquiétude.

— Que la guérison soit achevée. J'ai entendu parler de ce genre de chose. Ces gens connaissent les maux de la forêt et leurs remèdes, lorsqu'ils existent. Ils sont experts en poisons et contrepoisons.

— Elle a donc été empoisonnée? s'est exclamée Louise. Mais par qui?

— Ce n'est pas ce que j'ai voulu dire, a répondu Touman. Mais les Indiens sont capables d'extraire des plantes ou des parties de certains animaux des substances aux pouvoirs étonnants. Même la fumée qu'ils utilisent a parfois des vertus que nous ne soupçonnons pas. Nous ne pouvons que leur faire confiance. Et puis, s'ils voulaient nous tuer, ils l'auraient déjà fait.

Deux jours plus tard, en effet, maman était guérie.

Louise et moi, à qui on interdisait toujours d'entrer dans la hutte, n'avions pas bougé du pied de notre arbre. Le Moine allait et venait dans le village et nous apportait régulièrement de quoi manger. Quant au vieillard qui avait soigné maman, il passait matin et soir dans la cabane, puis en repartait sans dire un mot, seul.

Le matin du troisième jour, il était accompagné du jeune homme qui avait veillé tout ce temps sur la malade sans sortir. Avant de partir, ce dernier a accroché un bord de la couverture sur un des montants de la porte, et il a libéré le garde qui, lui non plus, n'avait pas quitté son poste.

Je me suis levé, hagard, imité par Louise. Nous aurions dû nous ruer à l'intérieur mais, dans la crainte de ce que nous allions y trouver, nous sommes restés là, paralysés par l'angoisse.

J'ai alors perçu un mouvement dans l'ombre de la hutte. Mon cœur s'est mis à battre. Puis une silhouette s'est dessinée à l'intérieur, s'est avancée vers la porte d'un pas chancelant. Enfin, ma mère est apparue au grand jour. Louise a poussé un cri.

On aurait dit qu'un spectre venait de sortir de la bouche d'ombre. Vacillante, blême, maigre à faire peur, ma mère s'est appuyée au chambranle pour ne pas s'effondrer. Comme si un charme venait de se briser, nous nous sommes précipités vers elle.

Maman nous a accueillis avec un pâle sourire et s'est reposée sur nous pour avancer. Par les déchirures de ses vêtements en désordre, on pouvait voir de nombreuses marques encore sanglantes de piqûres et de lacérations, dont elle ne paraissait pourtant pas souffrir.

— Je suis heureuse de revoir le soleil, a-t-elle dit d'une voix faible.

Le Moine est arrivé presque aussitôt et — c'était la première fois que je le voyais agir ainsi — il l'a prise dans ses bras et l'a longuement serrée contre lui en lui murmurant à l'oreille des mots que je n'entendais pas.

Au fond de la case, j'ai aperçu un petit tas noir recroquevillé sur le sol. Le cadavre de l'animal aux longs piquants. J'ai détourné les yeux avec dégoût puis, tous les quatre, nous avons rejoint la longue case où nos compagnons s'étaient installés.

Nous sommes restés près de six mois dans le village. Peu à peu, ma mère a repris des couleurs et du poids.

Nous vivions dans une promiscuité qui n'était pas sans rappeler celle que j'avais connue sur les navires, à cette différence près qu'ici, maman ne disposait pas d'une habitation privée — habitude que le peuple de Kailawa paraissait ignorer. En fait, elle partageait un hamac avec Le Moine, et la chose s'était passée d'une façon si naturelle qu'elle n'avait surpris personne.

J'ai beaucoup appris pendant cette période. Sur la forêt et ses ressources et, surtout, sur une certaine manière de vivre en commun sans cette méfiance et cette pudeur — ou hypocrisie? — qui avaient si vite infecté nos rapports sociaux à Eutopia.

Kailawa, le chef du village, n'exerçait en fait aucune autorité véritable: il ne donnait un «ordre» que lorsque la décision, en fait, avait déjà été prise d'un commun accord ou découlait de la situation ou d'une tradition longuement éprouvée.

Durant toute cette période, nous n'avons reçu aucune nouvelle d'Eutopia. Kailawa, contrairement à ce que nous avions pensé, n'y avait renvoyé personne. Une autre expédition était partie une fois, menée par lui, mais dans une autre direction.

Par l'intermédiaire de La Gueuse, nous avons appris que, tous les sept ans environ, la tribu de Kailawa changeait de territoire. L'ancien village était abandonné et on en reconstruisait un nouveau dans une autre région. Or, le temps de la migration approchait et la raison pour laquelle Kailawa était parvenu à Eutopia était justement la recherche d'un nouveau territoire. Voyant celui-ci déjà occupé, il avait dirigé sa prospection ailleurs.

Cette nouvelle avait suscité de nombreuses discussions parmi nous. Nous avions eu un certain mal à nous faire à la vie de la forêt et le nomadisme ne nous séduisait guère. La nostalgie, par ailleurs, ou le désir de renouer avec notre monde d'origine, nous faisait de plus en plus songer à un retour vers Eutopia.

Seul Mongo, qui s'était adapté sans difficulté, parlait maintenant assez bien la langue de nos hôtes et vivait avec une compagne dans une autre hutte que la nôtre, ne souhaitait pas quitter le village ni revoir jamais Européens ou Africains.

Quant à ma mère — qui avait recouvré sa santé et une partie de son énergie —, je crois qu'elle aurait aimé retrouver la Bretagne. Je ne voyais guère comment la chose pouvait être possible, mais je l'entendais parfois parler de son pays natal avec Le Moine, et je sentais une profonde tristesse imprégner ses paroles.

Pour ma part, je n'étais sûr de rien, sauf de mon désir de rester avec Louise, où que ce soit. L'Europe ne nous disait rien ni à l'un ni à l'autre, mais la forêt équatoriale, même si nous en connaissions de mieux en mieux les secrets, les plantes et les animaux, ne nous mettait pas à l'aise. Nous nous sentions malgré tout étrangers ici.

Finalement, à l'exception donc de Mongo, nous avons décidé de retourner à Eutopia et, une fois là-bas, d'aviser sur ce qu'il convenait de faire pour l'avenir.

Kailawa n'a fait aucun commentaire lorsque nous lui avons fait part de notre décision. Nous avions toujours été libres. De plus, nous étions à présent des coureurs des bois confirmés. Nous étions capables de retrouver notre chemin par nous-mêmes et de survivre en forêt.

Le jour du départ, nous sommes partis vers le sud, afin de rejoindre le fleuve que nous n'aurions plus qu'à descendre jusqu'à Eutopia. Ce n'était pas la route la plus courte, mais sans aucun doute la plus sûre. Et puis, la semi-obscurité quasi permanente de la forêt avait fini par peser sur nos nerfs.

Moins d'une semaine après avoir atteint la rive, nous parvenions en vue d'Eutopia. Le choc a été violent. Même si nous ne savions pas comment nous serions reçus après notre longue absence, nous n'étions pas préparés au tableau qui nous attendait.

Les palissades qui défendaient l'accès à notre village par le fleuve étaient en partie détruites et portaient des marques d'incendie. La forêt, toute proche, paraissait avoir été saccagée. Plus nous approchions, plus nous découvrions que la plupart des huttes et des cases étaient à l'abandon, abattues ou brûlées. Partout, c'était un spectacle de désolation et de ruine.

Il n'y avait pas signe de vie. Fait étrange, que nous a fait remarquer Le Moine, les quatre canons provenant de notre dernier navire et que nous avions installés en bordure du fleuve avaient disparu.

La gorge serrée, nous avancions à pas lents, espérant découvrir un survivant, ou à tout le moins un signe qui nous permettrait de comprendre ce qui s'était passé ici.

Aucun cadavre, pourtant, n'indiquait qu'un éventuel massacre avait eu lieu. Le village avait-il été attaqué par des Européens venus par le fleuve, et ses habitants emmenés en esclavage?

Tout à coup, nous avons entendu un léger craquement provenant d'une des paillotes et Touman s'est écrié:

— Là-bas! Quelque chose!

Aussitôt, il a dégainé ses coutelas et s'est élancé vers une silhouette minuscule qui venait de disparaître dans une ouverture.

8

LASSITUDE

Urrutia et La Gueuse se sont joints à Touman, nous abandonnant sur ce qui avait été la place du village. Ma mère s'est laissée tomber sur un tronc à demi calciné, accablée de lassitude, et Louise s'est assise à côté d'elle. Le Moine est resté debout, silencieux.

Touman venait d'arriver à la case délabrée d'où était venu le bruit. Il y est entré sans hésiter, suivi par ses deux compagnons. Il y a eu un bruit de lutte, des exclamations, un hurlement de douleur. Puis une voix aigre et tremblotante s'est élevée. Je n'ai pas compris ce qu'elle disait, mais j'ai reconnu le nom de Touman prononcé à deux reprises.

Laissant Louise et ma mère, j'ai couru vers la hutte à mon tour. À peine y arrivais-je que La Gueuse en sortait, furieux, la main gauche plaquée sur sa joue. Du sang en coulait. J'ai saisi mon couteau, prêt à défendre mes amis.

Des murmures provenaient de l'intérieur. Je ne bougeais pas. Au bout d'un moment,

Touman est enfin ressorti et, me voyant sur la défensive, il m'a simplement dit :

— Range ça, Gilles, il n'y a pas de danger ici. Pour l'instant, en tout cas…

Puis il a fait signe à Le Moine de s'approcher. Celui-ci s'est exécuté, suivi à pas lents par ma mère et par Louise. Touman nous a alors invités à entrer dans la cabane, ce que nous avons fait, à l'exception de La Gueuse, qui est parti vers la source pour se nettoyer le visage.

À l'intérieur, nous avons découvert, accroupies sur leurs talons, la vieille Sogolon et une jeune femme, qui tenait encore un couteau à la main. Près d'elle, debout, bras croisés sur la poitrine, un jeune garçon à la peau plus claire que celle des deux femmes nous dévisageait d'un œil méfiant.

Je connaissais, de vue, cette femme et ce garçon. Embarqués parmi les autres esclaves sur les côtes de Guinée, ils avaient suivi notre périple et partagé, à leur corps défendant, notre terrible aventure. Mais je n'avais jamais eu l'occasion de m'approcher d'eux, ni sur mer ni au village d'Eutopia, puisque dans les deux cas les femmes avaient disposé d'un logement à part, ainsi que leurs enfants trop jeunes.

Que faisaient-ils là, seuls tous les trois dans le village dévasté ? C'est ce que Touman nous a raconté, d'après les explications que venait de lui fournir Sogolon.

Après notre départ d'Eutopia avec les Indiens, les relations entre les habitants avaient continué à se dégrader, plus vite encore qu'auparavant. De nouveaux cas de fièvre s'étaient déclarés et les hommes aux masques s'étaient montrés impitoyables, éliminant au fur et à mesure en les noyant ceux chez qui ils décelaient les premiers symptômes.

La méthode, cruelle et aveugle, avait peut-être été efficace, toutefois, puisque moins d'une quinzaine de victimes avaient été immolées avant que la maladie s'éteigne, aussi vite qu'elle était apparue.

Les Européens, pourtant, par crainte peut-être face au nombre des Africains, s'étaient alors regroupés dans une seule grande case qu'ils avaient construite pour eux seuls tout au bord du fleuve, près du lieu où nous avions abordé.

Les rapports entre les uns et les autres étaient réduits au minimum, et ils étaient à peine moins tendus au sein d'une même communauté, chacune étant constituée de membres d'origines différentes : Hollandais, Français ou Espagnols pour les Blancs, ethnies aux langues et aux coutumes disparates pour les Noirs.

La vie quotidienne avait néanmoins continué tant bien que mal, chacun se rendant compte que la population était trop réduite pour se diviser encore, jusqu'au jour où un voilier avait été signalé dans le fleuve, remontant avec prudence le courant dans la brume du matin.

Le navire étranger — Sogolon était incapable d'en préciser la nationalité — était passé près de la rive opposée, sans doute pour éviter les bancs de sable. Le brouillard matinal ne lui avait pas permis de repérer notre village, par ailleurs assez bien dissimulé, et il avait passé son chemin sans s'arrêter.

L'émotion, toutefois, avait été grande. Chacun savait que le bateau allait redescendre le fleuve et que, cette fois, la communauté des proscrits n'aurait peut-être pas autant de chance.

De violentes disputes avaient alors éclaté. Les boucaniers étaient partisans de dissimuler les canons sous la végétation, puisqu'ils pouvaient être visibles depuis le fleuve, et de s'embusquer le plus discrètement possible en attendant le retour du bateau, qu'il serait facile de signaler en postant quelques guetteurs plus en amont. Si jamais les marins les découvraient, alors il serait temps de riposter et de livrer bataille.

Pour leur part, les anciens esclaves — sur qui les hommes porteurs de masques avaient pris une énorme ascendance — prétendaient que le risque était trop grand et que l'issue d'une éventuelle bataille ne nous serait pas favorable.

Même si le vaisseau était attaqué et coulé par les boucaniers, des survivants pourraient toujours s'enfuir et révéler aux Blancs la présence d'une communauté marron dans le coin. Le mieux, pour les Noirs, était donc de jeter les canons à l'eau, de détruire l'habitation des Blancs — trop proche du fleuve —, et d'abandonner le village pour le reconstruire plus loin dans la forêt.

Cette dernière option était inacceptable pour les boucaniers, qui estimaient essentielle la proximité de l'eau et du fleuve. Les discussions, rendues plus ardues par la multiplicité des langues en présence, avaient rapidement tourné à l'échauffourée, puis à des affrontements sanglants lorsque les armes avaient été dégainées.

Les boucaniers avaient succombé sous le nombre. Les guerriers, bien dirigés par les porteurs de masques, avaient commencé à les massacrer et seuls quelques-uns — parmi lesquels Lelgoualch, d'après Sogolon qui avouait ne pas être capable de reconnaître les autres — avaient réussi à s'enfuir.

Puis les vainqueurs avaient fait disparaître les canons dans le fleuve et avaient incendié le village avant de s'enfoncer dans la forêt profonde. Eutopia avait été désertée, à l'exception des deux femmes et du jeune garçon que nous venions d'y découvrir.

L'explication avait été longue à venir, Sogolon répugnant, selon Touman, à en dévoiler les détails. Pourtant, nous avons fini par savoir.

Au moment de quitter le village, alors que tout le monde avait empaqueté ses maigres possessions, le chef des hommes masqués avait désigné une jeune femme nommée Thioro et lui avait interdit de suivre les autres.

Celle-ci, à Eutopia, était toujours restée dans la longue case des femmes avec son fils et, même si je ne l'avais jamais remarqué personnellement, elle n'avait jamais reçu d'avances de la part des hommes, au contraire de ses compagnes, que celles-ci aient ou non des enfants.

Si le fils de Thioro avait une peau plus claire que celle de ses semblables, c'est qu'il était né des œuvres d'un marin de passage dans le port où elle était déjà esclave.

Je n'ai jamais pu savoir si elle avait été violée ou si elle avait eu des relations consenties avec cet homme, mais le résultat, pour injuste qu'il soit, était le même : ses compagnons d'infortune la considéraient comme traître à leur communauté et, si les principes qui avaient régi Eutopia lors de sa fondation avaient balayé ce détail, la nouvelle situation l'avait fait resurgir.

Thioro était indésirable, et on ne lui permettrait pas de suivre les autres jusqu'à un nouvel établissement. Son fils, bien entendu, subissait la même malédiction.

Personne ne s'était opposé à la décision du clan des masques, dont tout le monde redoutait les jugements expéditifs. Seule Sogolon, prétextant qu'elle était trop âgée pour entreprendre un nouveau voyage, avait manifesté le désir de ne pas quitter le village.

Ce droit ne lui avait pas été contesté, au contraire. La considérant comme une bouche inutile et un poids social, les masques avaient été ravis de se débarrasser d'elle. Et puis, Sogolon n'avait-elle pas entretenu des rapports avec les Blancs, par l'intermédiaire de Touman ? Trahison, là encore…

Ainsi Sogolon, Thioro et Soundiata, son fils, demeuraient-ils seuls depuis plusieurs mois dans les ruines du village. Jamais ils n'avaient revu le fameux bateau étranger redescendre le fleuve, mais il faut avouer que, cette perspective les terrorisant, ils ne s'approchaient jamais de la rive.

En revanche, c'est en vain qu'ils avaient espéré le retour — ou du moins une manifestation quelconque — des boucaniers survivants. Ceux-ci n'avaient jamais donné signe de vie.

Notre propre retour à Eutopia, auquel ils ne croyaient plus, les avait effrayés et ils s'étaient cachés en nous entendant arriver. C'est Soundiata qui avait révélé leur présence en voulant à tout prix observer les intrus, d'une façon malhabile.

Lorsque Le Moine, Urrutia et La Gueuse avaient pénétré dans la cabane, Soundiata avait cru se conduire en héros en leur sautant à la gorge, armé de son seul couteau. Avant que sa mère ait réussi à le retenir, il avait eu le temps de faire une légère estafilade à La Gueuse, qui s'était énervé. Sogolon et Touman avaient eu un certain mal à désarmer les combattants et seule Thioro avait pu reprendre le couteau à son fils, qui était beaucoup plus fort qu'il n'en avait l'air.

La Gueuse est revenu alors que Touman venait de terminer son récit. Ma mère l'avait écouté sans dire un mot, assise en tailleur dans un coin de la cabane. Le Moine se grattait la barbe d'un air pensif et Louise dévisageait avec étonnement Soundiata, qui devait être à peine moins âgé qu'elle.

— Cet endroit est maudit, a enfin commenté La Gueuse en crachant sur le sol. Nous l'avons découvert abandonné l'année passée, nous le retrouvons abandonné aujourd'hui. Nous ferions mieux de ficher le camp d'ici une fois pour toutes.

— Et pourquoi donc? a objecté Urrutia. Nous nous prétendons libres et nous laisserions les événements décider pour nous? Si le village n'a pas été repéré par le mystérieux bateau qui est passé par ici, c'est que le lieu est sûr. Nous pouvons rebâtir et nous installer ici, sans dieu ni maître.

La Gueuse a haussé les épaules. Le Moine s'est tourné vers ma mère, mais celle-ci n'a pas réagi.

— Qu'en penses-tu, Rachel? a-t-il demandé avec une douceur qui contrastait avec son apparence de grand diable.

Maman a haussé les épaules à son tour.

— Faites ce que vous voulez, a-t-elle répondu d'une voix lasse. Je suis fatiguée.

Tout ce que j'ai entrepris s'est effondré, n'a donné lieu qu'à des massacres et à des destructions…

— Ce n'est pas ta faute! s'est exclamé Le Moine.

— Non, ce n'est pas ma faute. Ce n'est la faute de personne. Ou celle de nous tous. Nous sommes des rêveurs, nous avons cru à nos rêves et nous nous sommes bercés d'illusions. Qu'un pouvoir soit abattu et, tôt ou tard, un autre le remplace.

— Ce n'est pas une fatalité! s'est écrié Urrutia. Nous pouvons créer ici un lieu sans pouvoir. Nous l'avons déjà fait, dans des conditions plus difficiles, et nous sommes à présent moins nombreux.

— Pour quel résultat? a répondu ma mère. Pour qu'une communauté demeure libre de tout pouvoir, il lui faut une autorité capable d'éviter les dérives et les débordements. C'est-à-dire un pouvoir… C'est un cercle vicieux.

— Mais que faire alors? a demandé Le Moine. Que faire, si tout est impossible?

— Je ne sais pas, a répondu ma mère en secouant la tête d'un air triste. Partir, peut-être. Partir…

J'avais la gorge serrée. Jamais je n'avais vu ma mère ainsi. La comtesse de Kergorieu était morte, la Murène s'était évanouie, la Louve de mer n'était plus qu'un lointain souvenir. Je n'avais plus sous les yeux qu'une femme fatiguée et vaincue. Vaincue par qui ? Par personne. Par elle-même. Par ses propres rêves.

Pour la première fois de ma vie, je la voyais abandonner. Louise, près de moi, baissait la tête. En me tournant vers elle, j'ai vu que des larmes coulaient sur ses joues.

Alors Le Moine s'est accroupi près de ma mère et il a passé son bras sur son épaule.

— Je construirai un bateau, Rachel, a-t-il chuchoté. Et si tu me le permets, je t'accompagnerai.

9

EN MER

Nous sommes restés presque un mois encore à Eutopia. Dès le lendemain de notre arrivée, les hommes ont reconstruit une longue case sans pièces séparées, dans laquelle nous avons logé tous les dix. L'idée était-elle de nous réunir de façon égalitaire et d'éviter le renfermement sur soi des communautés qui nous avait été fatal, je n'en sais rien.

En tout cas, ni Sogolon ni Thioro n'ont fait le moindre commentaire. Ma mère non plus. Seul Soundiata semblait presque heureux. Sans doute la présence de Louise — et peut-être la mienne — y était-elle pour quelque chose.

Ensuite, Le Moine a entrepris la construction d'une chaloupe munie d'un mât. Celle-ci n'avait pas besoin d'être très grande car, en fin de compte, nous ne serions que cinq à y embarquer.

En effet, si Sogolon et Thioro, comme je m'y attendais, ne voulaient pas quitter le village pour retourner là où elles pourraient tomber sur des Blancs, Urrutia et Touman avaient manifesté le désir d'y demeurer aussi.

Les anciens habitants, d'après Sogolon, étaient partis vers le nord avec l'intention de mettre le plus de distance possible entre eux et la rive du fleuve, qui représentait pour eux un danger permanent. Il n'y avait donc en principe rien à craindre de ce côté.

Ainsi, Urrutia croyait toujours possible la réussite d'une communauté libre et autarcique, et Touman, après avoir longuement réfléchi et discuté, tant avec lui qu'avec Sogolon, Thioro et Le Moine, croyait de son devoir de les aider et de les faire profiter de son savoir-faire de boucanier. Seul La Gueuse, homme de mer jusqu'au bout des ongles, avait choisi de partir avec nous.

Une seule chose nous gênait encore : Lelgoualch et quelques compagnons se trouvaient peut-être tout près d'ici, en fâcheuse posture. Ne fallait-il pas attendre qu'ils reparaissent, ou partir à leur recherche ? C'était, du moins, l'opinion de Le Moine.

Urrutia avait alors offert d'effectuer un voyage de reconnaissance en descendant la rive du fleuve, direction probable prise par les fuyards après la bataille. Je me suis proposé pour l'accompagner, afin que Le Moine et La Gueuse puissent se consacrer à la construction de la chaloupe.

Nous avons fait deux expéditions, dont une de trois jours, dans cet enfer étouffant où chaque pas était une lutte désespérée, sans rien trouver d'autre qu'un ou deux vestiges de foyers refroidis depuis long-temps.

Ou bien Lelgoualch et ses amis avaient continué leur chemin le long du fleuve et nous ne les rattraperions jamais, ou bien — et j'inclinais à le croire — ils étaient morts et leurs restes avaient servi de déjeuner aux prédateurs de la forêt.

Au retour du deuxième voyage, la cha-loupe était presque terminée. Le Moine et La Gueuse semblaient satisfaits de leur tra-vail. Ma mère, en revanche, paraissait indiffé-rente. Elle ne parlait presque plus et Louise en était profondément attristée.

Parfois, surtout pendant mon absence, cette dernière avait réussi à la faire sortir de sa torpeur, mais pas en lui parlant d'avenir, de mer ou de liberté. À cela, maman ne réagissait plus guère. Elle ne s'était animée un peu qu'au récit que Louise lui avait fait de sa propre enfance en Bretagne.

— Je crois que son seul désir à présent, m'a confié Louise un peu plus tard, c'est de s'asseoir dans un fauteuil près du feu au plus profond de la Bretagne et de n'en plus bouger. Loin de la mer, loin des hommes et de leur furie, loin des champs de bataille. Elle m'a parlé de ton frère, aussi. Elle aurait aimé le revoir. Je crois qu'elle regrette de vous avoir entraînés dans cette folie.

Ces mots m'ont brisé le cœur. Je dois avouer que, depuis longtemps — trop longtemps sans doute —, je n'avais pas pensé à Nicolas. Mon frère avait-il survécu au naufrage qui avait marqué notre séparation ? Et, dans l'affirmative, qu'était-il devenu ?

Si je m'étais souvent posé la question, non sans en éprouver une angoisse intense, au cours des mois qui avaient suivi notre sauvetage par le capitaine Van Leuwen et l'*Elmina*, la série d'événements qui nous avait entraînés sous les tropiques avait fait dans mon esprit le vide de tout ce qui n'avait pas concerné directement notre survie.

Lorsque nous avons enfin quitté Eutopia pour toujours, j'ai eu un moment le sentiment que nous abandonnions à la mort le peu de personnes sur qui nous avions pu compter.

Quelles étaient leurs chances de survie dans ce milieu hostile ? Deux boucaniers chevronnés, bien sûr, mais également une vieillarde, une jeune femme et son fils. Une société aussi minuscule avait-elle la possibilité de s'en sortir, coincée entre la forêt et le fleuve qui, chacun de son côté, pouvaient apporter ennemis ou maladie ?

Ma seule consolation était de me dire que notre propre entreprise n'était sans doute pas moins risquée. S'il me semblait facile de rejoindre la mer — distante de deux jours de navigation à peine —, la suite ne laissait pas de me remplir d'angoisse.

Où irions-nous, recherchés comme nous l'étions par les navires de la plupart des nations dites civilisées qui croisaient dans les parages ? Quelle île avait encore à nous offrir une anse déserte et sûre ? Quelle côte n'abritait pas déjà des colons en manque de main-d'œuvre gratuite, des bordels en quête de jeunes femmes ou des prisons aux gueules plus avides que celles de chiens affamés ?

Je tremblais par avance pour Louise. Elle était devenue une jeune fille désirable, une proie facile dans un monde où seules la rage et la haine permettaient de survivre. Je lui avais promis de la protéger, mais y parviendrais-je ? Je me sentais davantage l'âme d'un lapin que celle d'un lion.

La chaloupe filait mollement sur l'eau brune du fleuve. La voile unique — un carré de toile que La Gueuse avait réussi à sauver des décombres d'Eutopia — était à peine gonflée par une brise moite et tiède, si faible qu'elle ne suffisait pas à nous rafraîchir.

Depuis le départ, ma mère n'avait pas dit un mot. Elle demeurait immobile sur un banc de la chaloupe, voûtée, les yeux fixés sur le fond de l'embarcation. Louise était assise à ses côtés, lui tenant la main, essayant quelquefois de la distraire par le récit de sa vie, se taisant la plupart du temps.

Le Moine et La Gueuse, pour leur part, n'échangeaient que le strict minimum nécessaire à la manœuvre et, pour le reste, se contentaient d'observer en silence les rives qui défilaient de chaque côté de nous, muettes et impénétrables. Leur regard allait le plus souvent vers le nord, et je devinais qu'ils espéraient encore apercevoir un signe démontrant que Lelgoualch et ses compagnons avaient survécu.

Quant à moi, désœuvré et découragé, je me laissais emporter par le fleuve, me demandant parfois ce qu'aurait pu être ma vie si ma mère ne nous avait pas entraînés avec elle dans ce tourbillon sanglant qui semblait n'avoir pas de fin.

Puis j'abandonnais ces rêveries inutiles et amères et, les yeux fixés vers l'embouchure du fleuve, je tentais de déterminer une ligne de conduite pour les jours à venir, puisque personne d'autre ne semblait se préoccuper de ce détail.

Le lendemain de notre départ, à la mi-journée — nous étions alors parvenus beaucoup plus loin vers l'est que lors de notre équipée infructueuse des jours précédents par voie de terre —, l'attention de Le Moine a été attirée vers la rive.

— Regardez! a-t-il dit après avoir observé un long moment en silence un enchevêtrement de branches et de lianes qui formait une sorte de barrage à l'entrée d'une crique.

Louise et moi nous sommes levés. La chose était curieuse, en effet. On aurait dit une espèce d'île mouvante, qui tournoyait de façon désordonnée dans le cul-de-sac formé par une profonde échancrure de la berge.

J'avais déjà remarqué, sur le fleuve — surtout après les périodes de plus fortes pluies —, ces monstruosités végétales dériver au gré du courant. Composées d'un amas d'arbres et de lianes, elles formaient comme d'immenses radeaux échevelés, véritables portions du pays arrachées à la terre ferme par les intempéries.

Cependant, ce n'était pas pour elle-même que cette formation extraordinaire avait intrigué Le Moine, qui pointait toujours l'index vers le nord.

— Je la vois, a soufflé Louise en serrant mes doigts entre les siens.

Coincée entre les branches, à demi dissimulée dans le feuillage épais, une embarcation de petite taille était en effet visible. Une simple barque, à première vue. Sans gréement. Et vide.

— Pas une fabrication indigène, a commenté Le Moine.

La Gueuse, qui barrait notre chaloupe, a compris le message et il a soudain viré de bord. En quelques instants, nous nous trouvions aux abords de la cathédrale végétale. Celle-ci, prise dans des remous dus à la configuration de l'anse naturelle, demeurerait coincée là jusqu'aux prochaines pluies diluviennes qui seules pourraient la libérer.

La barque avait sans doute été surprise par l'arrivée de l'île flottante et elle s'y était échouée, mais je ne comprenais pas pourquoi ses occupants avaient disparu plutôt que de tenter de la libérer.

La Gueuse a manœuvré pour accoster tout près et Le Moine a prestement sauté dans l'embarcation. Aussitôt, il a étouffé un juron. Maman s'est enfin redressée, tâchant de voir ce qui avait provoqué cette réaction. J'ai rejoint Le Moine, et les jambes ont failli me manquer devant le spectacle qui s'est offert à mes yeux.

Trois cadavres, à demi dévorés par je ne sais quels charognards, gisaient au fond de la barque. Le visage presque entièrement rongé par les vers, les oiseaux ou les insectes, ils étaient méconnaissables, mais leurs vêtements en lambeaux les désignaient sans l'ombre d'un doute comme des Européens. Et ces restes de tissu et de cuir ne m'étaient pas inconnus…

L'un des hommes, en outre, était mutilé : il lui manquait la main gauche. Casse-Pipe ! À ses bottes, nous avons aussi reconnu Lelgoualch. Le troisième, en revanche, était trop abîmé pour que nous puissions l'identifier.

Il n'y avait rien à faire. Nos pauvres compagnons avaient dû mourir de faim ou de maladie avant même que leur embarcation ne s'échoue. Depuis combien de jours, je ne pouvais le dire.

Pendant un court instant, ma mère a fermé les yeux et remué les lèvres, comme pour faire une brève prière, mais aucun son n'est sorti de sa bouche et elle s'est rassise dans la chaloupe, retombant dans cette prostration dont elle ne semblait plus pouvoir sortir.

Le Moine et La Gueuse ont dégagé la barque à grand renfort de coutelas, puis le Moine l'a sabordée de quelques coups de hache avant de la repousser du pied vers l'eau libre. La barque a dérivé un instant en direction du courant tout en s'enfonçant lentement dans l'eau noire. Un bouillonnement sinistre s'est fait entendre lorsque le fleuve l'a engloutie à tout jamais.

J'ai alors cru percevoir du bruit du côté de la rive. Le temps de me retourner, je n'ai pu qu'entrevoir un mouvement furtif agiter les hautes herbes, puis un sillage léger dans l'eau trouble. Les caïmans, ai-je pensé en frissonnant.

Nous avons repris notre route en silence, accablés de tristesse. Même La Gueuse, qui avait pourtant survécu à des tragédies d'une ampleur sans commune mesure avec la nôtre, paraissait abattu et épuisé.

Le lendemain, sans autre incident, nous avons atteint l'océan.

Les vagues, les embruns, l'odeur de l'iode et, surtout, l'absence de cette sensation d'étouffement perpétuel qui régnait dans la forêt et qui nous avait servi d'atmosphère pendant de longs mois nous ont enfin redonné quelques couleurs.

La Gueuse, en particulier, a retrouvé son énergie et il s'est efforcé de nous la faire partager.

— Nous avons des vivres pour plusieurs jours et nous respirons de nouveau de l'air frais, a-t-il lancé d'un ton jovial. C'est tout ce qu'il faut à un boucanier.

— Grand bien te fasse ! a répliqué Louise. Mais je ne suis pas plus boucanier que tu n'es femme de chambre. Que comptes-tu faire quand nous aurons épuisé nos provisions ? Attaquer un navire marchand ? As-tu vu l'état de ton « équipage » ?

Louise nous désignait d'un geste de la main. Il m'a semblé voir un léger sourire éclairer le visage de ma mère, pourtant à demi masqué par ses longs cheveux qu'elle ne peignait plus.

Mon amie n'était plus depuis longtemps l'enfant effrayée par l'approche du premier matelot venu. Elle avait pris de l'assurance et, si elle demeurait la plupart du temps calme et réservée, elle n'hésitait plus à faire valoir son point de vue lorsqu'elle le jugeait nécessaire.

— Certaines îles de cette région ne sont pas totalement soumises au contrôle des grandes puissances maritimes, a répondu La Gueuse sans se démonter. Nous allons remonter l'arc des Antilles et nous trouverons bien un endroit où nous poser et vivre en paix.

— Si on nous en laisse le loisir, a murmuré Louise en hochant la tête.

Nous étions cinq dans cette chaloupe minuscule, dont une femme qui paraissait avoir renoncé à tout, une jeune fille et moi-même, qui n'avais pas même encore de barbe. Quel équipage, comme l'avait fait remarquer Louise avec ironie, avec en guise d'arsenal cinq coutelas, une hache et une dizaine de couteaux ! Le moindre cotre armé d'une poignée d'espingoles nous enverrait par le fond en moins de temps qu'il n'en faudrait pour le dire.

Toutefois, n'ayant aucune proposition concrète à faire, nous nous en sommes remis à La Gueuse, approuvé par Le Moine, pour diriger la chaloupe.

Les deux hommes naviguaient avec prudence et l'un d'eux — ils étaient les plus grands de nous cinq — montait une garde constante, scrutant l'horizon en vue de repérer le moindre navire.

Ce n'est que le quatrième jour de navigation que Le Moine a enfin signalé une voile, alors que la soif commençait déjà à nous faire cruellement souffrir. Nous nous sommes levés d'un bond.

Le vaisseau venait du sud-ouest et remontait vers l'arc des Antilles. C'était un bon marcheur et, s'il décidait de venir sur nous, nous ne pourrions pas l'éviter. Le Moine était tendu, cherchant à savoir quelle en était la nationalité.

— Un sloop, a commenté La Gueuse, qui avait la meilleure vue de nous tous.

— Quel pavillon ? a demandé Le Moine.

— Aucun. Un pirate, j'imagine. Il file droit vers le nord. Il nous prendra sans doute pour des pêcheurs et il ne s'intéressera pas à nous, nous sommes trop petits.

— Sauf s'il a faim, a murmuré ma mère.

Un long moment a passé dans une attente anxieuse, puis La Gueuse a repris d'une voix sourde :

— Je me suis peut-être avancé un peu hâtivement. Il vient de virer de bord. Il se dirige sur nous.

10

COMPLOT

Nous n'avions aucune chance d'échapper au sloop. Ni Le Moine ni La Gueuse n'étaient des charpentiers professionnels et notre chaloupe, même si elle tenait la mer, ne pouvait guère rivaliser de vitesse avec un véritable navire.

Il était hors de question de tenter un coup de force contre lui. Même si on avait vu dans le passé une poignée de pirates prendre possession en quelques instants d'un navire bien armé et pourvu d'un équipage très supérieur en nombre, il ne fallait pas rêver : le principal facteur de réussite dans un abordage pirate était l'effet de terreur que les forbans inspiraient aux marins. En l'absence de celui-ci, seule comptait la loi du nombre.

Or, nous n'avions rien pour provoquer la peur. Nous avions plutôt l'air de naufragés… Mais, dans ce cas, pour quelle raison ce bateau inconnu avait-il dévié de sa route pour se rapprocher de nous ?

Peut-être, comme ma mère l'avait suggéré, l'équipage avait-il faim. La chose était fréquente dans la piraterie et, si nos ennemis supposés avaient le ventre creux, ils n'hésiteraient pas à se battre pour un demi-hareng. Si cela se produisait, toute résistance de notre part entraînerait un massacre.

Après une brève discussion, nous avons donc décidé de laisser venir et de ne pas nous montrer agressifs, sans pour autant faire preuve de soumission.

Seule Louise n'avait pas pris part à ce bref débat. Elle était demeurée renfermée et nerveuse, tortillant sans cesse une mèche de cheveux blonds entre ses doigts, ce qui n'était pas dans ses habitudes.

Je comprenais son malaise. Bien sûr, elle portait les mêmes haillons que nous tous — et nous étions accoutumés à son apparence —, mais son visage d'ange et ses longs cheveux ne manqueraient pas de mettre le feu à l'équipage du sloop, contraint de se contenter, depuis des mois peut-être, de rêves et d'images inaccessibles.

Or, si une femme de la trempe de ma mère, par son autorité et son savoir-faire, avait pu s'imposer à des équipages pourtant peu enclins à la douceur, Louise apparaissait plutôt comme l'être le plus fragile, le plus susceptible d'être désiré, convoité, anéanti.

Je ne savais que dire, n'osant exprimer ce que je pensais de crainte de concrétiser et d'amplifier cette peur que je sentais en elle. Les manœuvres étant réduites au minimum, je me suis assis près d'elle sur le banc central.

Maman a remarqué mon geste et, presque en même temps, elle lui a pris la main.

— Une chose encore, messieurs, a-t-elle déclaré sur un ton où son ancienne autorité semblait renaître. Je suis la femme d'un petit planteur de la côte de Guyane dont l'exploitation a été dévastée par les Espagnols, et Gilles et Louise sont mes enfants.

La Gueuse a hoché la tête sans rien dire, mais Le Moine a demandé :

— Dois-je tenir le rôle de ce planteur, Rachel ?

Maman a eu un sourire amer avant de répondre :

— Ce rôle ne t'a guère porté chance jusqu'ici. Cette fois, tu pourrais te contenter d'être mon frère.

Je n'ai pas compris ce que cachait ou non cette curieuse sortie, mais Le Moine a acquiescé sans ajouter un mot.

Le bateau sans pavillon, pendant ce temps, s'était rapproché et nous pouvions distinguer les hommes à bord. Comme nous ne constituions manifestement pas une menace pour eux, ils ne cherchaient pas à nous impressionner.

Le pavillon noir, en général, était hissé dans le but de déclencher la panique à bord du vaisseau attaqué. Dans le cas présent, il était tout à fait inutile. Néanmoins, il s'agissait bien d'un bateau pirate, à en juger par l'allure des marins qui ressemblaient plus à de fieffés coquins qu'à de paisibles pêcheurs ou à des marchands.

La Gueuse a fait remarquer que le sloop était haut sur l'eau et que ses cales devaient donc être vides. C'était ce que nous redoutions. L'équipage n'avait pas dû faire de prise depuis un bon moment et les hommes devaient être enragés.

Avec une grimace, je me suis souvenu de l'aventure du major Thomas. Nous n'étions peut-être pas une proie très reluisante, mais au moins pourrait-on nous aborder sans grand péril.

Sans doute est-ce ce que ma mère s'est dit, car elle a repris, à mi-voix :

— Évitons d'avoir l'air de victimes. La seule chose qui puisse garantir nos vies si l'affaire tourne mal, c'est que ces gens croient que nous valons cher.

— Tu as parlé de plantation dévastée, Rachel, a objecté Le Moine.

— Cela ne nous empêche pas de savoir où se trouve un butin plus riche. Les pirates détestent les Espagnols, d'habitude, c'est pourquoi je vous ai donné cette précision quant à la nationalité de nos agresseurs tout à l'heure. Cela nous attirera leur sympathie. Et si nous laissons croire que nous connaissons l'existence d'un bateau plein d'or ou de marchandises de haute valeur, nous deviendrons des gens tout à fait intéressants.

Même si la situation ne me paraissait guère propice à la bonne humeur, j'étais soulagé de voir que ma mère, que j'avais crue abattue et désintéressée de tout, était capable de reprendre du poil de la bête lorsque les circonstances l'exigeaient.

Quand le sloop s'est enfin trouvé tout près de nous, un marin nous a hélés:

— Holà, de la chaloupe! Qui êtes-vous?

L'homme qui nous apostrophait ainsi — en français — était juché sur le plat-bord et se tenait d'une main au hauban. Il était vêtu de manière assez misérable et n'avait pas l'air très gras. C'est Le Moine qui lui a répondu.

— Des compatriotes, ami, et heureux d'en retrouver.

Le pirate, qui pouvait être le capitaine, mais aussi le quartier-maître ou un simple matelot, nous a dévisagés avec curiosité. Il semblait plutôt dépité par le peu de valeur que nous pouvions représenter, mais ses compagnons, que nous apercevions à présent, étaient tout aussi décatis que lui et l'hypothèse émise plus tôt par La Gueuse s'avérait exacte : ces gens étaient au bord de la famine.

— Que transportez-vous ? a repris l'homme du sloop.

— Rien, hélas, a répondu Le Moine. Nous avons été chassés de chez nous par ces maudits Espagnols, mais nous savons où et comment récupérer la fortune qu'ils nous ont volée. Dès que nous pourrons armer un navire, nous partirons en chasse.

Les hommes, sur le pont du sloop, se sont consultés du regard. Ils étaient déçus de voir une prise aussi maigre, mais le mot «fortune» avait allumé des flammes dans leurs yeux. Celui qui nous avait parlé a passé machinalement sa langue sur ses lèvres.

— Je suis le capitaine Musseau, a-t-il repris. Votre embarcation ne me semble pas de la meilleure facture et je me ferai un plaisir de vous accueillir à mon bord.

Une heure plus tard, nous nous trouvions tous à bord du *Saint-Joseph*, sloop de petites dimensions dont Musseau, qui n'était pas plus capitaine que moi, avait hérité à la suite d'un abordage qui avait mal tourné près des côtes américaines, et qui avait coûté la vie à plus de la moitié de l'équipage.

Depuis, Musseau et ses hommes erraient sur l'océan en quête d'une proie facile, mais ils n'avaient jusqu'alors pu mettre la main que sur quelques tonneaux de morue salée et autant de mélasse. L'équipage ne paraissait pas de très bonne humeur, et je devinais que la mutinerie n'était pas loin.

Nous étions donc sur nos gardes, d'autant plus que les marins ne cessaient de lancer des regards torves en direction de ma mère et, surtout, de Louise. Il avait fallu toute l'habileté de Le Moine pour leur faire comprendre l'avantage qu'il y avait à gagner notre confiance plutôt que de les violer sauvagement.

Nous étions donc tirés d'affaire, pour le moment, mais notre avenir demeurait pour moi bien nébuleux. Combien de temps pourrions-nous tromper ces hommes à propos de l'hypothétique fortune évoquée par Le Moine ?

Dès le premier soir, des conciliabules ont eu lieu sur le pont. Ma mère et Le Moine devaient rivaliser d'astuce pour appâter les pirates sans dévoiler les détails d'un projet qui n'existait pas ni se contredire.

Il était question d'un chargement d'argent et de métaux précieux en provenance de Maracaibo — inventé de toutes pièces — et qui devait remonter l'arc des Antilles pour rejoindre les courants favorables vers les Bahamas avant de filer vers l'Espagne.

Musseau, bien sûr, proposait de lui couper la route le plus tôt possible, mais ma mère insistait pour rejoindre d'abord l'île d'Hispaniola, où elle devait retrouver des hommes dévoués pour compléter l'équipage. Selon elle, en effet, la proie était de taille et bien protégée, et les hommes du *Saint-Joseph*, dont elle affirmait cependant ne pas mettre le courage en doute, n'auraient pas trop de cette aide.

Les hommes de Musseau regimbaient, peu désireux de partager la mythique fortune, mais l'éloquence de Le Moine avait fini, au moins en apparence, de les convaincre. L'objectif de la manœuvre, bien sûr, était de leur fausser compagnie au premier port de relâche.

L'atmosphère est restée tendue au cours des jours suivants. Le vent était faible, la nourriture était rationnée et les marins, irrités et frustrés par la faim et l'ennui, avaient recommencé à regarder Louise d'un œil brûlant d'un désir malsain. Je n'étais pas certain que le capitaine ou le quartier-maître soient longtemps capables — ou même désireux — de les maîtriser.

Sans cesse, Musseau et les autres revenaient à la charge et demandaient des renseignements sur le fameux galion espagnol. Puis, alors que le sloop se traînait vers le nord, ils ont commencé à questionner ma mère sur ses origines, sur sa plantation, sur son mari, sur la présence de deux jeunes gens sur une chaloupe d'aussi grossière fabrication.

Les questions étaient de plus en plus précises, de plus en plus retorses. Le quartier-maître, qui me semblait pourtant honnête, discutait beaucoup avec La Gueuse, de qui il espérait sans doute tirer davantage de renseignements ou, peut-être, chez qui il tentait de relever des contradictions dans notre discours. En tout cas, il était clair que, avec le temps, notre fable perdait peu à peu sa crédibilité.

Un des marins, que j'avais surnommé La Fouine, ne cherchait même plus à dissimuler son indiscrétion. Il évitait Le Moine et ma mère, mais il cherchait la compagnie de La Gueuse et il tournait trop souvent à mon goût autour de Louise.

Son visage me disait vaguement quelque chose, mais j'étais incapable de me souvenir des circonstances où je l'avais peut-être rencontré. Il pouvait aussi bien être un marin entrevu sur un des bateaux sur lesquels j'avais vécu depuis notre départ de Bretagne qu'un paysan croisé autrefois à Nantes ou dans un village proche de Kergorieu.

Lorsque par hasard son regard croisait le mien, il détournait aussitôt les yeux et s'en allait vers une autre partie du navire où il s'inventait une tâche inutile pour justifier sa fuite. Louise avait remarqué son manège et elle m'a fait part de ses inquiétudes. Nous avons fini par en parler à ma mère, qui n'en a pas paru étonnée.

— J'ai le sentiment que notre histoire ne tiendra pas longtemps, nous a-t-elle confié à voix basse. J'espère que la faim les forcera à toucher terre aussi vite que possible afin que nous puissions nous évanouir dans la nature.

La nuit suivante allait me prouver que ses craintes n'étaient que trop justifiées. Il faisait terriblement chaud dans l'entrepont et je ne parvenais pas à dormir. La mer était d'huile, l'atmosphère était irrespirable et je ne faisais que ressasser tous mes sujets d'inquiétude. Au bout d'un long moment, n'en pouvant plus, je me suis décidé à remonter sur le pont pour m'étendre sous les étoiles.

J'ai quitté l'entrepont sur la pointe des pieds et me suis faufilé jusqu'au gaillard d'avant, où des rouleaux de cordages me permettraient de me dissimuler — car je tenais à ne rencontrer personne.

Sans un bruit, je me suis allongé sur le dos, les yeux ouverts, essayant de retrouver mon calme dans la contemplation du ciel. J'étais sur le point de m'endormir enfin lorsqu'un bruit m'a tiré de ma torpeur. Des marins montaient sur le pont en discutant à voix basse.

Un groupe d'hommes, trois au moins d'après leurs intonations, se rapprochait de moi. Je me suis recroquevillé derrière un gros rouleau de filin. Les hommes ne m'ont pas remarqué et ils se sont assis près du mât, où ils ont poursuivi leur discussion. Étant donné la faible distance qui nous séparait, je pouvais la suivre sans difficulté dans le silence de la nuit.

Parmi eux se trouvait La Fouine, ce marin trop curieux dont le comportement avait suscité ma méfiance au cours des jours précédents. C'était lui qui dirigeait la conversation.

— Je vous dis que c'est elle, insistait-il. Il y a une fortune à se faire, mais pas de la manière qu'elle propose.

— Tu l'as reconnue? a demandé un autre.

— Je ne l'ai jamais vue, a avoué La Fouine, mais j'ai rencontré des Hollandais dont elle a pris le bateau l'année passée. Un vaisseau négrier. Cette femme et ses compagnons correspondent tout à fait à la description qu'ils en ont faite, et elle est déjà connue des autorités des Îles. C'est une pirate redoutable. On l'appelle la Murène. Sa tête a été mise à prix par le gouverneur de la Martinique.

— Et toi, a dit le troisième, tu n'es pas un pirate?

À la voix, j'ai reconnu le quartier-maître, un Vendéen répondant au nom de Laroche.

— Oui, je suis un pirate, a répliqué La Fouine, mais je ne vaux pas si cher et j'ai faim. Depuis que nous naviguons avec

Musseau, nous n'avons fait aucune prise. La récompense promise par le gouverneur nous permettrait de nous retirer dans un coin tranquille.

— Et tu vendrais cette femme pour t'acheter un carré de terre et planter de la canne? a craché Laroche d'un ton dégoûté.

— Je vendrais ma propre femme, si j'en avais une, pour un gallon de vin et un demi-porc rôti. J'en ai assez de crever de faim sur le *Saint-Joseph*, et je n'ai pas l'intention de me retrouver esclave dans une galère du roi ou celle d'un marchand qui pissera dans la soie pendant que je me ferai arracher la peau du dos. Tu l'as dit: je suis un pirate.

— Moi aussi, je suis un pirate. Mais je ne vendrais pas mes semblables, même pour le trône de France.

La Fouine n'a rien répondu. Il a craché par terre, s'est relevé et est reparti vers l'écoutille en maugréant. Laroche et l'autre marin ont continué à discuter un moment, ce dernier approuvant La Fouine et son projet, le quartier-maître s'y opposant farou-chement. Puis ils se sont levés et ont disparu à leur tour.

Je suis resté longtemps immobile, de peur de tomber sur un des marins si je traversais le pont, dévoilant ainsi que j'avais surpris leur conversation. J'ai attendu longtemps avant de retourner à mon hamac, et je n'ai rien osé dire à mes compagnons dans l'obscurité de l'entrepont où nous étions entassés les uns sur les autres.

Vers le milieu de la nuit, le vent s'est levé avec une violence grandissante et le sloop a bientôt été secoué comme un fétu de paille au milieu des rafales. Au matin, le calme étant revenu, alors que je me préparais à répéter à voix basse ce que j'avais appris à ma mère et à Le Moine, une agitation inquiétante régnait sur le pont.

Certains hommes regardaient Le Moine avec suspicion, d'autres — la majorité, parmi lesquels La Fouine et le capitaine lui-même — affichaient un sourire mauvais. J'ai vite appris ce qui s'était passé. Dans la tempête, selon un des hommes proches de Musseau, le quartier-maître avait été emporté par une lame.

Quelques marins semblaient sceptiques mais, avec ce que j'avais entendu la veille, j'en étais certain : Laroche avait été jeté par-dessus bord au cours de la nuit par La Fouine et ses complices.

Musseau lui-même, à en juger par sa mine satisfaite, n'en paraissait d'ailleurs pas mécontent.

11

L'EXÉCUTION

Dans mon enfance, j'avais souvent rêvé des Îles en feuilletant les livres de la bibliothèque de mon père, à Kergorieu. Certains noms m'emportaient dans un songe de cieux toujours bleus traversés par des oiseaux blancs et parfumés de sucre et d'épices — Hispaniola, Guadeloupe, Martinique...

Comment aurais-je pu imaginer que je me retrouverais un jour dans cette dernière île, non pas allongé avec nonchalance sous des manguiers ou des flamboyants balancés par les alizés, mais enchaîné au fond d'un cachot humide ?

Louise me manquait cruellement. J'avais vécu à ses côtés, pratiquement sans jamais la quitter, pendant des mois et des mois. Sa présence, son contact m'avaient redonné du courage chaque fois que j'en avais eu besoin. Pour la première fois depuis longtemps, je me retrouvais seul.

On nous avait séparés dès notre arrivée à Fort-Royal, ville qui abritait la résidence du gouverneur de la Martinique. Maman,

Le Moine et La Gueuse avaient été conduits à la forteresse tandis qu'on m'emmenait vers une autre prison, d'aspect moins rébarbatif, dans la ville même.

Louise, pour sa part, avait tout de suite été isolée, scène qui avait donné lieu à une explosion de violence. Je revoyais encore son visage tuméfié à cause des coups qu'elle avait reçus. Il est vrai qu'elle s'était débattue comme une chienne enragée quand on avait voulu l'éloigner de nous.

Jamais je ne l'avais vue aussi déchaînée. En proie à une fureur incontrôlable, et témoignant d'une force que je n'aurais jamais soupçonnée dans un corps aussi frêle, elle donnait des coups de pied, des coups de poing, elle mordait, griffait, hurlait… Il a fallu trois hommes pour la maîtriser avant de l'emporter vers je ne savais quel lieu de détention.

Ma mère et ses compagnons, en revanche, qui avaient d'ailleurs les mains liées dans le dos, n'avaient pas opposé de résistance, sachant qu'une telle attitude ne ferait qu'aggraver leur cas. Tout s'était passé très vite, de toute façon, et la seule chose que ma mère avait eu le temps de me chuchoter en quittant le *Saint-Joseph* avait été ce bref conseil, aussi inattendu qu'énigmatique :

— Fais l'enfant et ne tente rien pour nous.

○

Une semaine auparavant, sur le *Saint-Joseph*, notre sort s'était joué en quelques instants. À peine avions-nous émergé de l'entrepont, au lendemain de la tempête, que La Fouine, qui avait déjà répandu des ragots parmi l'équipage, s'était écrié :

— Ce sont eux !

Couteaux et coutelas étaient sortis des ceintures et les pirates, bien échauffés par les mensonges de La Fouine, paraissaient prêts à en découdre. Le Moine et La Gueuse avaient dégainé leur lame à leur tour, mais ma mère les avait calmés d'un geste.

— Ce serait inutile, ils sont trop nombreux.

Je suppose qu'elle espérait plutôt berner Musseau et ses hommes, qui ne nous avaient pas éblouis par leur esprit au cours des derniers jours. Nos compagnons avaient donc remis leurs couteaux en place, tout en restant sur leurs gardes.

Musseau n'était peut-être pas brillant, mais il était opiniâtre et le parfum de l'argent lui était plus doux qu'un autre. De plus, son équipage, mal nourri et désespéré par des semaines de navigation errante et infructueuse, était au bord de la mutinerie, et il savait que la capture de ma mère et sa remise aux autorités françaises représentaient sa seule chance de salut.

Sans doute y pensait-il depuis un bon moment, poussé par La Fouine, mais l'influence du quartier-maître sur l'équipage l'avait fait hésiter jusque-là. Ce dernier, en effet, en véritable Frère de la côte, se refusait à vendre un camarade. Sa disparition avait laissé libre cours aux manigances du capitaine, en plus de lui fournir une bonne raison de dresser l'équipage contre nous.

— Ce sont eux, c'est vrai, avait renchéri Musseau en nous désignant d'un doigt accusateur. Eux qui ont supprimé Laroche pour prendre le contrôle de notre bateau! Cette femme n'est autre que la Murène et ce n'est pas la première fois qu'elle tente de s'approprier un navire. Vous en avez tous entendu parler dans les ports de la région. Seulement nous, nous ne sommes pas des marchands hollandais!

Comme les hommes hésitaient encore à se jeter sur nous — le courage ne devait pas les étouffer lorsque l'appât du gain ne leur en donnait pas —, Musseau avait ajouté:

— La tête de ces forbans a été mise à prix par le gouverneur de la Martinique. Voilà l'occasion que nous attendions depuis longtemps. Emparons-nous d'eux et notre fortune est faite!

Le «nous» n'était qu'une figure de style. Musseau n'avait pas bougé d'un pouce pour ne pas risquer de prendre un mauvais coup, mais ses hommes s'étaient précipités sur nous.

La passivité de ma mère — et celle de ses compagnons, d'ailleurs — m'avait étonné à ce moment-là. Bien sûr, ces bandits nous étaient supérieurs en nombre et, malgré la bravoure de Le Moine, nous n'aurions rien pu faire. Mais j'éprouvais tout de même une certaine déception, car j'avais déjà vu ma mère tenir tête à des hommes autrement plus forts que ceux-ci.

En fait, sans doute pensait-elle encore pouvoir négocier avec ces bandits, leur faisant comprendre, par exemple, qu'en se présentant devant les autorités de Fort-Royal, ils risquaient de subir le même sort que nous.

Aucun argument, cependant, n'avait pu fléchir ces hommes affamés. À l'instar de ce benêt d'Esaü, ils nous auraient vendus pour un plat de lentilles…

Nous avions donc été mis aux fers à fond de cale après avoir été désarmés et, quelques jours plus tard, le *Saint-Joseph* mouillait dans la baie de Fort-Royal. Nous n'avions quitté le bateau que pour être livrés à des hommes d'armes du gouverneur.

Je ne peux pas dire que j'aie vraiment été maltraité dans cette prison. Ce n'était rien, en tout cas, en comparaison avec ce que j'avais vu et subi à bord de l'*Elmina* lors de notre traversée de l'Atlantique. Mes gardiens me parlaient peu, mais ils ne me brutalisaient pas.

En revanche, j'étais sans nouvelles de l'extérieur et j'ignorais ce qu'il était advenu de Louise. En ce qui concernait ma mère et nos deux compagnons, même si on ne daignait pas m'informer, je ne savais que trop bien quel sort les attendait : ils seraient jugés pour piraterie.

Il n'existait qu'une sentence pour un tel crime : la mort par pendaison. Si Le Moine et La Gueuse étaient reconnus coupables — ce qui ne faisait guère de doute puisque le premier naviguait depuis le début avec maman et que le second avait participé aux équipées de Régalec —, leur exécution serait immédiate.

Pour ma mère, toutefois, un vieux réflexe aristocratique me faisait espérer. Elle était la comtesse de Kergorieu, et cela, même si elle avait depuis longtemps renoncé à ses privilèges, pouvait lui valoir la clémence des juges. C'était, du moins, ce que je voulais croire...

Mon incarcération a duré plusieurs semaines. Mais, comme j'avais négligé de marquer l'écoulement des jours, cette durée est restée floue dans mon esprit. Au début, je tentais d'interroger mes geôliers au sujet de ma mère et des autres, mais sans doute avaient-ils reçu des instructions car ils refusaient de me répondre.

Tout ce que j'avais réussi à leur extirper comme information concernait Louise. La jeune fille, comme ils disaient, avait été placée dans une famille pour y être « redressée ». Mais ce que sous-entendait ce « redressement » demeurait un mystère pour moi.

J'ai fini par demeurer prostré dans mon cachot, assis sur le sol, dos au mur, la tête entre les genoux et les mains sur les oreilles pour ne plus entendre l'incessant crissement des pattes des rats sur la pierre.

Afin de ne pas sombrer dans le désespoir le plus total, j'essayais de me remémorer le visage de ceux que j'avais connus et aimés autrefois. Mon père, bien sûr, ainsi que mon frère Nicolas, mais aussi Amaury et Gilbert, qui me rappelaient une enfance heureuse disparue à jamais. Et, par-dessus tout, je me berçais à l'idée insensée qu'un jour, peut-être, je retrouverais Louise pour vivre avec elle.

Un matin, on est venu me chercher sans un mot. On m'a retiré mes fers et un prêtre au teint jaunâtre et bilieux, accompagné par deux hommes armés, m'a demandé de le suivre.

Complètement abruti par mon séjour dans ce caveau, j'ai reçu les rayons d'un soleil déjà éblouissant comme une gifle dans la figure. Le prêtre ne m'a rien dit sur notre destination et je supposais que j'allais enfin être jugé à mon tour, ou qu'on allait me confronter à ma mère pour vérifier ses allégations.

En effet, nous nous sommes dirigés vers le port, que jouxtait le fort où avaient été enfermés dès notre arrivée ma mère et ses deux compagnons. Pourtant, alors que nous approchions des hauts murs qui dominaient la baie de Fort-Royal, nous avons obliqué vers les quais.

C'est à ce moment que j'ai enfin compris. Tandis que j'avançais, les larmes aux yeux, tant à cause de la lumière qu'en raison de la douleur du souvenir, une image fulgurante est remontée de ma mémoire et s'est imposée à mon esprit avec une violence insupportable.

Je me suis soudain revu à Nantes, ce jour où, plein d'inexpérience encore, je trébuchais sur les pavés au milieu de visages indifférents ou hostiles, mené d'un pas vif par ma mère vers la porte de la ville, n'entendant que les récriminations de Nicolas. J'ignorais alors que l'horrible vision que nous allions contempler allait bouleverser ma vie, mais, à présent, je pressentais le pire.

Je savais où nous allions. Je m'expliquais également la présence du prêtre.

La plupart des grands ports exhibaient sur leurs quais, à la vue de tous, un gibet où les autorités royales pendaient les pirates et les mutins. Les cadavres s'y balançaient longtemps au vent du large, rongés par le sel et à demi dévorés par les oiseaux de mer, et l'horreur de ce spectacle était censée dissuader les matelots de se rebeller.

La foule, qu'on effrayait facilement avec la menace de ces pirates sanguinaires prêts à fondre sur leur ville, avait cependant des réactions mitigées. Si certains se réjouissaient de voir des forbans terminer ainsi leur pitoyable vie de course sur la mer, d'autres craignaient les représailles que ces pendaisons pouvaient provoquer.

La Martinique, justement, avait connu la colère vengeresse du capitaine Bartholomew Roberts, dont des amis avaient été exécutés ici même.

Ce fameux pirate avait immortalisé la haine dont il poursuivait cette île et ses habitants, ainsi que celle de la Barbade, sur son propre pavillon. Sur le fond noir figurait Roberts lui-même, épée brandie de la main droite, chaque pied posé sur un crâne surmontant les lettres ABH et AMH : *A Barbadian Head* et *A Martinican Head* (une tête de Barbadien, une tête de Martiniquais).

Pour beaucoup de gens, la pendaison d'un pirate était donc plutôt mauvais signe. De plus, les marins savaient très bien que les hommes exhibés sur ces gibets n'avaient fait que tenter d'échapper à un sort horrible qu'ils n'avaient pour la plupart pas choisi, et les cadavres faisaient souvent moins peur que pitié.

La foule était dense à l'approche des quais. Je n'osais regarder les gens qui nous entouraient, mais je devinais dans leur attitude davantage de compassion que d'agressivité. Au fond de moi, j'attendais un cri : celui que pousserait Louise en me voyant.

Mais nous sommes arrivés aux quais sans que la moindre voix connue jaillisse de la foule. J'avais les yeux fixés sur le sol. J'étais seul comme jamais.

Le prêtre a posé la main sur mon épaule et nous nous sommes arrêtés. J'ai dû relever la tête. Un frisson m'a parcouru de la tête aux pieds et j'ai senti mon cœur se glacer.

Le gibet était là, à quelques pas de moi. Vide. Le bourreau se tenait en retrait, attendant d'exercer son office. La main du prêtre était toujours refermée sur mon épaule comme une serre. La foule se pressait sur le quai, murmurant à voix basse.

Un grincement a retenti dans mon dos et le silence s'est fait. Les têtes se sont retournées. La pression de la main, sur ma clavicule, s'est encore durcie.

Ma mère, Le Moine et La Gueuse se tenaient debout dans une charrette qui s'avançait en bringuebalant. Tête haute, ils regardaient droit devant eux. J'ai voulu crier, mais l'air est resté bloqué dans ma gorge. Le silence de la foule était impressionnant. Je m'étais préparé à entendre les huées et les jurons, mais les badauds, essentiellement des Noirs, demeuraient silencieux.

La charrette est enfin arrivée près de l'échafaud. Les aides du bourreau ont fait descendre les condamnés, puis les ont conduits sur la plate-forme.

Le gouverneur n'était pas là, mais son représentant, affectant un air supérieur et ennuyé, contemplait la scène, assis sur une estrade qui avait été dressée non loin de là, éventé par deux esclaves qui agitaient des palmes au-dessus de lui.

L'acte d'accusation a été lu. Je n'écoutais pas. Ou plutôt, les mots entraient par mes oreilles, mais j'avais l'impression qu'ils se diluaient dans mon cerveau jusqu'à ne plus laisser de traces.

La carrière de la Murène a été retracée comme s'il s'était agi de celle d'une démone sanguinaire, renégate et hérétique. Mensonges, calomnies, salissures… Le Moine et La Gueuse ont été présentés comme des comparses, criminels, sans doute, mais presque des enfants de chœur par rapport à l'ignoble comtesse de Kergorieu…

Lorsque le réquisitoire a été terminé, un prêtre s'est approché d'eux. La Gueuse, qui se trouvait le plus près de lui, l'a repoussé et, se tournant vers le vice-gouverneur, il s'est exclamé d'une voix forte :

— Que la vérole vous emporte ! Vous êtes un sournois de petit morveux du même acabit que tous ceux qui se laissent mener au bout du nez par les lois qu'ont faites les riches pour leur propre sécurité, vu que c'est le seul moyen que ces poltrons ont trouvé pour défendre ce qu'ils ont accaparé en le volant. Mais que la peste vous emporte, tous autant que vous êtes, aussi bien cette poignée de bandits forcenés que vous autres qui les servez, bande de paillassons aux cœurs de chiens. Et ils osent nous traiter de haut, ces forbans, quand la seule différence entre eux et nous, c'est qu'ils volent le pauvre sous le couvert de la loi et que nous pillons le riche sous la protection de notre seul courage !

Le bourreau, sur un signe du vice-gouverneur exaspéré, l'a tiré en arrière pour le faire taire. La Gueuse a conclu en crachant par terre. Le Moine a agi de même, toisant le prêtre ulcéré d'un regard méprisant.

Ce dernier s'est enfin approché de ma mère. À aucun moment elle n'avait baissé les yeux ou adopté une attitude humble et suppliante. Elle n'a même pas regardé le prêtre, lui déniant ainsi jusqu'à l'existence. En revanche, je l'ai vue fixer ses yeux sur ceux du vice-gouverneur et soutenir son regard jusqu'à ce que l'homme, le premier, abaisse les siens. Elle n'a pas prononcé un mot. La foule a murmuré.

Sur un signe impatient du prêtre, le bourreau a passé les nœuds coulants autour du cou des condamnés et, actionnant la trappe, il a précipité ces derniers dans la mort.

Alors j'ai entendu un cri déchirant dans la foule, puis j'ai discerné un mouvement vers l'autre bout du quai, comme si on emportait rapidement quelqu'un qui se débattait.

J'ai reconnu la voix de Louise.

12

LA MARQUE D'INFAMIE

Le prêtre qui m'avait accompagné a enfin retiré sa main de mon épaule et il m'a informé que j'étais libre, après m'avoir assommé d'un discours prétentieux sur le repentir, la crainte de Dieu et la soumission au roi.

Les juges avaient sans doute compté sur le fait que la comtesse de Kergorieu mourrait dans la honte, humiliée et implorante, brisée par leur supériorité bouffie. Il n'en avait rien été. Au contraire, c'est ma mère qui avait dominé le procès et la scène ultime, rabaissant finalement le vice-gouverneur plus bas que terre.

C'est elle qui était sortie grandie de la confrontation, et elle était morte en les écrasant de son ombre. Elle n'avait fait preuve d'aucun repentir, revendiquant au contraire devant ces « paillassons aux cœurs de chiens », comme les avait appelés La Gueuse, la justesse et l'honorabilité de ses actes.

La seule chose qu'elle avait « avouée », ç'avait été de m'avoir entraîné, à mon corps défendant, dans sa folle entreprise. Le tribunal m'avait donc déclaré « innocent » et il avait sans doute considéré que la punition consistant à me faire assister à la pendaison de ma mère était un châtiment pire que la mort.

Les juges m'avaient ainsi laissé libre, pensant que j'allais passer le reste de mes jours à ruminer la défaite et le déshonneur. Ils avaient tort. Ils n'avaient fait qu'anéantir les dernières barrières morales qui contenaient encore ma rage.

Loin de me ramener dans le droit chemin, loin de m'inspirer le plus léger remords, la vision du corps de ma mère se balançant au bout d'une corde avait fait voler en éclats les derniers effets de mon éducation.

Devant les cadavres de ceux que la fourberie et l'avidité d'un roi avaient précipités dans une carrière qu'ils n'avaient jamais désirée en soi, une seule issue m'apparaissait possible : une vie de liberté totale. Un seul lieu pourrait m'en donner la possibilité : la mer. Et une seule personne me donnerait le courage de continuer : Louise.

Les autorités de l'île s'étaient esquivées, mortifiées sans doute par la manière dont l'exécution publique avait tourné. Les badauds erraient encore sur le quai, s'attroupant en petits groupes, parlant à voix basse, me jetant des regards furtifs. Aucun, cependant, n'osait s'approcher de moi et jamais je ne m'étais senti aussi seul.

Au bout d'un moment, il m'a semblé qu'une certaine inquiétude se faisait jour dans la foule. Des hommes en armes étaient apparus et s'approchaient du quai. J'ai vite compris. La sympathie populaire dont je semblais jouir de la part de ces gens en tant que fils d'une légende ne pouvait que me nuire. Au contraire de ce qu'avaient prévu les juges, j'incarnais le symbole de la révolte contre l'autorité et j'étais en passe de devenir un danger public.

Rentrant la tête dans les épaules, je me suis hâté dans la direction d'où m'était parvenu le cri de Louise. D'après ce que j'avais compris par mes geôliers, Louise devait être exploitée comme bonne à tout faire dans quelque famille de planteurs.

Le tableau n'était pas difficile à imaginer. Corvéable à gré, elle serait une esclave et, probablement, une chair à plaisir, la «chair du maître». Je savais aussi ce qu'elle encourrait en cas de rébellion: le fouet, au début, puis les mutilations et, enfin, la mort.

Trop bouleversé par tout ce que je venais de vivre, je n'étais cependant pas capable de réfléchir à la meilleure manière de la retrouver. L'urgence, pour le moment, c'était de disparaître avant que les sbires du gouverneur ne changent d'avis à mon sujet.

J'ignorais tout de la ville de Fort-Royal sinon que, comme tout port situé au bord de cette mer, elle abritait des tavernes dans lesquelles je rencontrerais peut-être des marins susceptibles de m'aider.

Dans les ruelles qui montaient du port, j'ai retrouvé cette atmosphère qui m'avait tant rebuté à Vannes lorsque Le Moine et moi avions recruté notre premier équipage, après l'incendie du manoir de Kergorieu. Les mêmes déchets humains semblaient avoir échoué là, la même misère s'y respirait à plein nez.

Ici, cependant, je savais d'où venait cette misère, et je savais que je serais mieux accueilli dans ces bouges que dans n'importe quel palais où la corruption et la haine atteignaient des sommets que je n'avais jamais rencontrés au sein d'un équipage pirate — même si ces derniers étaient capables de commettre les pires félonies.

Je n'ai pas eu à errer bien longtemps parmi les déshérités qui peuplaient ce labyrinthe de laideur et d'ordure. Au début, bien sûr, on m'évitait, on me jaugeait, peut-être. Je me suis assis dans une taverne dont les bancs de bois, crasseux et entaillés de mille coups de couteau, avaient certainement vu passer tout ce que les mers avaient pu compter comme forbans.

Le patron, un homme obèse et borgne, m'a demandé ce que je voulais boire. C'est à ce moment que je me suis rendu compte que je n'avais pas eu le moindre sou entre les mains depuis des mois. Je me suis levé et j'allais m'éclipser lorsqu'un homme, au fond de la salle, m'a fait signe de le rejoindre à sa table.

L'inconnu était d'âge indéfinissable et maigre comme un clou ; il avait le visage ridé et n'avait plus guère de dents. Figure typique du pauvre bougre qui avait usé sa vie et sa santé sur les navires de Sa Majesté ou ceux des compagnies commerciales en échange d'une solde dérisoire qui lui avait à peine permis de ne pas mourir de faim.

Je l'ai salué d'un mouvement de tête et me suis assis en face de lui. Il m'a considéré un long moment en silence, avec un sourire qui semblait moins l'expression de ses sentiments qu'une sorte de masque plaqué sur sa figure par les années passées au soleil, au vent et à l'air salin. Son visage ne m'était pas inconnu mais, comme je ne le remettais pas avec précision, je ne voulais pas parler le premier.

Enfin, il a hoché la tête et a déclaré d'une voix éraillée :

— Tu cherches la jeune fille, n'est-ce pas ?

J'ai fait oui de la tête, sans dire un mot. Le marin m'observait toujours de ses yeux délavés aux paupières plissées.

— Tu ne me reconnais pas, mon garçon, je me trompe ?

Je l'ai regardé plus attentivement, mais son visage n'évoquait pour moi que celui de tous ces matelots infortunés que j'avais rencontrés jusque-là. Avais-je navigué avec lui ? Il s'est penché vers moi par-dessus la table :

— Le *Chien bleu*, a-t-il lâché en baissant la voix.

Le *Chien bleu* ! C'était donc un des anciens compagnons de Touman, de La Gueuse et d'autres dont j'avais oublié le nom. Le capitaine Régalec se trouvait-il dans les parages ? Ma méfiance a disparu et j'ai enfin ouvert la bouche.

— Corne d'aurochs ?

Le boucanier, dont le sobriquet venait de me revenir, a acquiescé en gloussant. Il avait assisté de loin à la pendaison et il était curieux de savoir ce qu'étaient devenus ses anciens compagnons. Il m'a demandé si Touman et les autres avaient réussi à s'échapper.

Heureux de pouvoir parler à quelqu'un, je lui ai brièvement relaté notre épopée.

Corne d'aurochs balançait la tête en m'écoutant, comme un navire sous le roulis. Puis il m'a raconté sa propre aventure, celle de bien des pirates.

Régalec avait été pris quelques mois auparavant par la marine anglaise et pendu à Providence. Lui-même et quelques compagnons avaient réussi à s'échapper au cours de l'abordage et depuis, séparés, ils erraient de port en port, vivant d'expédients et de menus trafics auprès des petits planteurs, dont la vie devenait de plus en plus misérable et précaire face aux grandes exploitations des colons soutenus par leurs gouvernements respectifs.

Corne d'aurochs n'attendait que l'occasion de quitter la Martinique, où les gens du gouverneur, s'ils venaient à savoir qui il était, lui feraient subir le même sort qui échoyait à tous ceux de notre espèce : la pendaison au bout d'un quai sentant le goudron.

— Je dois partir, moi aussi, lui ai-je dit. Cet endroit n'est pas sûr pour moi.

— Je ne crois plus qu'il existe des endroits sûrs pour nous autres dans cette région du monde. Le Nouveau Monde a été dépecé par les grands, qui se le sont distribué selon leurs intérêts. Il ne reste plus d'espaces libres. Il n'y a que la mer…

Le vieux marin s'est tu, rêveur. Il avait raison. Je savais qu'aucune terre ne pourrait plus m'accueillir, moi non plus, que seul l'océan pouvait offrir un asile, même précaire, à ceux qui refusaient de se laisser dominer. Une chose pourtant me retenait encore à terre : je ne partirais pas sans Louise. Je l'ai dit à Corne d'aurochs. Il s'est contenté de hocher la tête.

J'ai passé la nuit avec lui et quelques compagnons de misère dans un bouge où, jusqu'au petit matin, ont retenti les cris et les rires des ivrognes et des putains. Corne d'aurochs m'a fait boire un immonde tafia qui m'a brûlé la gorge, puis je me suis effondré sur une paillasse sale et puante, dévoré par les moustiques.

Le lendemain, il m'a recommandé de ne pas sortir de l'auberge. Le gouverneur, m'a-t-il dit, pouvait très bien changer d'avis à mon sujet et me faire jeter dans un cachot. J'ai suivi son conseil.

Trois jours ont passé ainsi et j'ai pensé que j'allais devenir fou si la situation s'éternisait. Mais, le troisième soir, Corne d'aurochs est rentré en affichant un air triomphant.

— J'ai trouvé un passage pour la Jamaïque, s'est-il exclamé. De là, nous trouverons sans doute à nous embarquer pour l'océan Indien, où il existe encore des îles qui ne sont pas soumises aux puissances du Vieux Monde. Nous appareillerons demain dans la nuit.

— Je ne peux pas partir, tu le sais bien, ai-je dit en secouant tristement la tête.

— Attends, ce n'est pas tout, a repris le boucanier. Je sais où se trouve ton amie. Des camarades m'ont informé. La plantation à laquelle elle a été vendue se trouve pas loin d'ici. C'est une forte tête. Elle a déjà été fouettée plus souvent qu'à son tour...

Je l'ai interrompu d'un geste. L'idée des coups subis par Louise me faisait bouillir de colère. Je ne devinais que trop bien ce qui avait pu se passer. Louise n'acceptait plus de se soumettre ni de se faire humilier. Sans doute aussi avait-elle refusé de servir de chair fraîche au maître de la plantation ou à l'un de ses sbires.

— Ne t'inquiète pas, a ajouté Corne d'aurochs. J'ai tout arrangé.

Le lendemain, au crépuscule, nous quittions l'auberge pour nous diriger vers l'intérieur des terres. La plantation se trouvait à une heure de marche environ. Avant de partir, le vieux pirate m'avait remis un poignard.

Au coucher du soleil, les esclaves quittaient les champs de canne et rejoignaient leurs cases. Parfois, certaines femmes se rendaient alors discrètement près de l'habitation des maîtres où travaillait une parente ou une amie issue du même village. C'était ainsi que l'information passait d'un monde à l'autre, et c'était ainsi que Corne d'aurochs avait appris la présence de Louise, par l'intermédiaire d'un pourvoyeur de produits de contrebande fournis par les flibustiers.

Un de ces hommes nous accompagnait. Il entretenait une relation « étroite » avec une des servantes de l'habitation. Celle-ci avait été chargée, moyennant une poignée de tabac, d'amener Louise à proximité des cases, qu'on pouvait approcher plus aisément que l'habitation elle-même.

J'avais le cœur battant, les mains moites. Louise me manquait plus encore que ma mère.

À quelque distance des cases, le contrebandier nous a fait signe de nous arrêter et de nous taire. Il a émis une sorte de sifflement et, bientôt, une silhouette s'est approchée de nous. Une femme. Elle avait l'air nerveuse. L'homme a grogné à voix basse:

— Tu es seule?

— La jeune fille a été mise aux fers dans l'après-midi, a soufflé l'arrivante d'une voix vibrante d'émotion. Non seulement elle s'est encore refusée au maître, mais elle l'a griffé au visage. Il était fou furieux et il lui a fait donner cent coups de fouet. Autant qu'à un homme. Et ensuite...

— Plus tard, a coupé Corne d'aurochs. Où est-elle? On n'enferme pas les gens, ici. On les tue ou on les...

Le marin s'est tu et m'a regardé en se mordant les lèvres, mais la femme a aussitôt ajouté:

— Elle a été ligotée au gros manguier pour la nuit. À titre d'exemple. C'est le contremaître adjoint qui la garde. Une brute sanguinaire.

Mon poing s'est crispé sur le manche du poignard.

— Pouvez-vous nous conduire? ai-je bredouillé, incapable de contrôler mon émotion.

J'ai vu les visages de mes compagnons se crisper dans l'ombre. Ma proposition n'était manifestement pas prévue au programme.

— J'irai seul, ai-je donc ajouté.

— Tu n'y songes pas, mon garçon, a lâché Corne d'aurochs.

— Tu ne pourras pas m'en empêcher, ai-je répliqué en sortant ma lame.

— Tu te méprends, a ricané le vieux boucanier. Je voulais dire que tu n'iras pas seul.

— Alors ne traînons pas, a conclu notre compagnon. Nous n'allons pas y passer la nuit.

La jeune femme a hoché la tête et tourné les talons, puis elle s'est enfoncée dans l'ombre. Nous nous sommes lancés à sa suite en silence. Le ciel était couvert et j'avais du mal à voir où je mettais les pieds, mais nous sommes bientôt parvenus à une sorte de clairière qui séparait le quartier des esclaves de celui des maîtres. Un énorme manguier s'élevait presque au centre. Une forme affaissée était attachée au tronc, la tête pendante.

À quelques pas, près d'un foyer où rougeoyaient encore des braises, un homme était assis sur une caisse de bois retournée. Il était armé d'un long fouet, posé en travers de ses cuisses. L'approcher sans qu'il s'en aperçoive me semblait impensable : le sol était couvert de feuilles sèches et il serait impossible d'y marcher sans attirer son attention.

Nous nous sommes consultés du regard. D'un cri, l'homme pouvait ameuter tous les gardiens de la propriété. Il allait falloir ruser. Mais comment? Le cœur serré, j'essayais de distinguer le visage de Louise. Hélas, il faisait trop noir.

L'homme s'est levé et est allé lancer une brassée de feuilles de canne sur les braises. Un jaillissement de flammes a jeté une lueur jaune sur la scène. Alors j'ai vu. Louise était défigurée, la joue mangée par une large tache cramoisie. J'ai compris ce qu'avait failli dire Corne d'aurochs quelques instants plus tôt: telle une bête, Louise avait été sauvagement marquée au fer rouge!

Une haine sans borne m'a envahi. Sans réfléchir, je me suis levé pour me lancer sur l'homme au fouet. Je n'avais pas fait trois pas qu'il se retournait vers moi. Il était trop tard pour reculer, le mal était fait.

Je me suis laissé tomber sur le sol, comme si j'étais blessé, tandis que mes deux compagnons restaient tapis dans l'ombre. Le contremaître s'est avancé, l'air méfiant. J'ai gémi, me recroquevillant sur le sol, contrefaisant une atroce souffrance. L'individu s'est immobilisé à deux pas de moi.

Alors je me suis tenu le ventre en râlant de plus belle, face contre terre. L'homme s'est

approché et s'est penché sur moi en maugréant d'une voix rude :

— Qui êtes-vous ? Vous êtes blessé ?

Ma réponse a été foudroyante. Je me suis
détendu d'un seul coup, projetant mon couteau vers lui. La lame a pénétré son ventre
jusqu'à la garde. Corne d'aurochs a alors jailli
de sa cachette et il l'a achevé en lui tranchant
la gorge.

En un instant, j'étais debout et me préci-
pitais vers le manguier. Louise m'a à peine
reconnu. Le supplice qu'elle avait subi avait
été si violent qu'elle n'avait même plus figure
humaine. J'ai coupé ses liens et elle s'est
effondrée dans mes bras.

Corne d'aurochs et son ami sont venus
me prêter main-forte et, en quelques instants,
nous avions disparu dans la nuit, emportant
ma malheureuse amie toujours inconsciente.

13

LIBRES !

Je ne m'attendais certes pas à embarquer sur une frégate, mais j'ai tout de même été surpris lorsque nous sommes arrivés au port, un peu avant minuit, après avoir libéré Louise.

Les matelots étaient en train d'embarquer les derniers tonneaux de marchandises à bord. Le bateau était une barque à un mât non pontée et gréée d'une seule voile. Il fallait faire vite car les gens du gouverneur pouvaient survenir à tout instant.

Louise était toujours à demi inconsciente. Lorsque je l'avais prise entre mes bras pour la soutenir, elle avait étouffé un hurlement de douleur. Non seulement la brûlure de sa joue était encore à vif, mais son dos était déchiré par les marques de fouet et les blessures suppuraient toujours.

J'ai allongé Louise sur le côté, à l'avant de la chaloupe, où elle ne gênerait pas l'homme de barre, et j'ai aidé les débardeurs à terminer le chargement avant de me mettre à la manœuvre.

Ni Corne d'aurochs ni moi ne pouvions payer notre passage et nous n'étions donc pas là à titre de passagers mais en tant que matelots. L'embarcation était petite et le patron, Corne d'aurochs et moi-même formions un équipage suffisant.

Le temps était couvert et le vent faible mais constant. Bien avant le lever du jour, nous serions hors de vue des côtes. Après que le bateau a pris son cap pour la nuit, j'ai pu rejoindre Louise, qui gémissait doucement là où je l'avais laissée, près d'un rouleau de cordage.

J'ai voulu lui effleurer l'épaule mais je me suis retenu à temps. Je me suis contenté de m'accroupir auprès d'elle et de lui parler à voix basse. Il m'a semblé qu'un faible sourire éclairait son visage blafard.

— Merci, Gilles, a-t-elle murmuré.

Louise commençait à reprendre des forces. Elle a essayé de se relever et elle a grimacé de douleur. Je l'ai aidée à s'asseoir, en évitant tout contact avec son dos. Des larmes ont coulé de ses yeux. De rage autant que de douleur.

— Jamais plus un homme ne me touchera, a-t-elle grondé en serrant les poings.

Instinctivement, j'ai retiré mes mains.

— Ce n'est pas ce que je voulais dire, Gilles, je suis désolée. Tu m'as sauvé la vie et je t'aime, tu le sais. Mais j'ai changé. Toute ma vie j'ai eu peur des hommes, de leur brutalité, de la haine qui semble les posséder les uns envers les autres. Tu as été le premier à me montrer un autre visage. Ta mère aussi. Tout le temps que j'ai passé avec elle, pourtant, je me suis demandé pourquoi elle agissait comme eux, je me suis demandé quelle rage la tenait. C'est sur cette île, enfin, que je l'ai compris.

Elle a repris son souffle, lasse et déterminée à la fois. Puis elle a poursuivi :

— Ce que j'ai enduré avant d'être livrée au maître de la plantation n'était rien en regard de ce que j'ai souffert au cours de ces derniers jours. J'ai été marquée à vie, et ce n'est pas une façon de parler. La haine a été inscrite sur ma peau au fer rouge, elle m'a pénétrée jusqu'au cœur. Je n'ai plus peur, Gilles. De rien ni de personne. Et je ne subirai plus. Je me battrai. Comme Rachel.

— Elle était fatiguée de cette vie, Louise, tu as bien dû t'en rendre compte.

— Elle ne pouvait plus revenir en arrière. Ceux-là mêmes qui l'ont acculée à cette existence démente l'ont assassinée sans lui laisser la possibilité de s'en retirer. Et on m'a assassinée, moi aussi. Je ne connaîtrai plus de repos. Et si je n'ai pas d'armes, c'est avec mes ongles et mes dents que je me battrai contre ces chiens.

— Toutes ces îles sont sous le contrôle des gouvernements de l'Europe ou en passe de l'être, ai-je objecté avec amertume. Nous serons chassés de partout. Nous devrons fuir…

— Je ne fuirai pas, Gilles. Plus nous fuirons, plus nous serons pourchassés, sans relâche. Je ne veux plus vivre comme une souris craintive qui, de toute façon, finira entre les griffes du chat. Désormais, je ferai front. La Louve de mer n'est pas morte. Elle revivra en moi.

J'étais sidéré par ce discours. Par le gouffre, du moins, qui semblait exister entre lui et celle qui le prononçait. Comment Louise, frêle jeune fille que j'aurais pu briser moi-même d'un seul coup de poing, pouvait-elle partir en guerre contre le monde entier alors que ma mère et ses compagnons avaient échoué ?

J'aurais voulu la prendre dans mes bras et lui offrir autre chose que des perspectives de combats sans fin, mais la moindre caresse sur son dos sanguinolent n'aurait fait que raviver la morsure du fouet. J'ai suspendu mon geste.

Louise a dû le remarquer car elle a saisi mes mains et les a attirées contre sa poitrine.

— Je n'ai que toi, Gilles, a-t-elle dit dans un souffle. Je ne veux pas te perdre. Mais je ne veux pas non plus te voir ramper ou te terrer comme un lapin.

— Que veux-tu faire?

Louise a promené son regard sur la chaloupe. Corne d'aurochs était affalé près du mât, à demi endormi, et le patron, debout à l'arrière, tenait la barre.

— Prendre ce bateau, a enfin murmuré Louise.

J'ai ouvert de grands yeux. Qu'entendait-elle par «prendre» le bateau? Avait-elle l'intention de faire passer le capitaine et Corne d'aurochs par-dessus bord? Sans ce dernier, Louise serait peut-être déjà morte, attachée au manguier ou torturée encore par le contremaître. Comment pouvait-elle envisager un tel acte?

Mon air ahuri a dû lui sauter aux yeux car elle a repris:

— Je ne veux pas «leur» prendre leur chaloupe, a-t-elle précisé en désignant les deux hommes d'un discret mouvement de tête. Je veux la prendre au «système». À ce système auquel ils sont eux-mêmes enchaînés, dont ils ne sont que les parasites. Ils se croient libres parce qu'ils vivent de petits trafics plus ou moins tolérés par les autorités, mais ce sont ces dernières qui en profitent le plus, en fin de compte.

«Les grands planteurs eux-mêmes commercent avec les trafiquants, qui ne sont donc qu'un rouage dans la façon de conduire les affaires des privilégiés. J'en ai été témoin. De ça et de bien d'autres choses, comme de ces esclaves qui se croient sortis de la servitude parce qu'ils acceptent de servir le maître d'une manière différente en devenant contremaître ou favorite, par exemple. C'est un leurre. Leurs chaînes sont toujours aussi solides.»

— Comment comptes-tu procéder, alors? ai-je demandé.

— Je vais leur parler, tout simplement. La parole est une arme dont ta mère m'a appris à me servir.

Je me suis senti soulagé. Louise n'avait pas lâché mes mains, qu'elle tenait toujours plaquées contre sa poitrine. Elle a encore baissé la voix et a chuchoté près de mon oreille:

— Il y a deux choses que les États nous refusent et nous refuseront tant qu'ils perdureront. La liberté et le plaisir. Prenons les deux.

Elle m'a repoussé contre le bordage jusqu'à ce que je glisse sur le caillebottis. Puis elle s'est allongée sur moi et elle a commencé à défaire mes vêtements.

Cette nuit-là, je ne l'oublierai jamais.

La prise de la chaloupe n'a pas eu lieu comme Louise l'escomptait. Au cours des deux premières journées de navigation, elle s'est contentée d'observer Corne d'aurochs et le capitaine. Ce dernier était un homme bougon et peu bavard, et sa conversation se bornait à donner de rares ordres pour la manœuvre.

Corne d'aurochs, lui, me paraissait avoir changé. Beaucoup moins disert que je ne l'avais connu à Fort-Royal, il avait l'air préoccupé et j'avais l'impression qu'il m'évitait. De plus, je le voyais souvent lancer à Louise, lorsqu'elle regardait ailleurs, des coups d'œil furtifs qui ne me plaisaient guère.

Le troisième soir, j'ai fait part de mes observations à Louise. Elle avait déjà remarqué le manège de Corne d'aurochs et elle se demandait pourquoi il avait pris de tels risques, sur la plantation, pour la sauver. Pur altruisme? N'avait-il pas eu une autre motivation? Quant au capitaine, était-il au courant, voire complice, ou Corne d'aurochs avait-il tout manigancé seul? Et dans quel but?

La situation n'était pas claire. Ils étaient deux, dans la force de l'âge et sans doute habiles aux armes. Bien sûr, Louise avait déjà prouvé qu'elle pouvait tuer — ce qui l'avait profondément bouleversée —, mais elle était handicapée par ses blessures. Dans un combat ouvert, nous n'étions donc pas certains d'avoir le dessus.

Le lendemain, j'ai décidé de sonder Corne d'aurochs, en arborant un air naïf. Je lui ai demandé ce qu'il comptait faire lors de notre arrivée en Jamaïque. L'homme est resté évasif, confirmant ainsi mes soupçons. Louise et moi sommes restés sur nos gardes toute la journée. Le temps était lourd et chaud.

Au milieu de la nuit, alors que j'étais allongé près de Louise, immobile, une ombre s'est glissée sans un bruit jusqu'à nous. J'étais nerveux et, mon couteau à la main, je ne dormais pas. J'ai perçu du coin de l'œil le mouvement tout proche. J'ai fait semblant de bouger dans mon sommeil pour prendre une position plus pratique.

J'ai reconnu Corne d'aurochs. C'était lui qui était de quart à ce moment-là, il avait donc délaissé la barre. Au moment où il se penchait au-dessus de moi, je l'ai attrapé par le col et je lui ai mis ma lame sous la gorge en lui intimant l'ordre de ne pas crier. Le vieux boucanier a fait un geste de la main, comme pour m'apaiser. Louise, pendant ce temps-là, s'était levée et l'avait prestement désarmé, retournant contre lui son propre couteau.

Corne d'aurochs avait l'air plus surpris qu'effrayé. Doutait-il à ce point de nos capacités de l'envoyer en enfer ? En tout cas, il n'esquissait aucun geste de défense. J'ai légèrement relâché la pression de la lame sur son cou.

— Tout doux, Gilles, a-t-il murmuré. Je ne vous veux aucun mal.

— Que voulais-tu, alors ? a sifflé Louise sans abaisser son arme. Méfie-toi, Gilles, c'est un piège.

Corne d'aurochs a secoué la tête.

— Ne faites pas de bruit, a-t-il murmuré. L'autre va se réveiller. Écoutez-moi plutôt.

Cette fois, intriguée, Louise a abaissé sa lame.

Corne d'aurochs nous a alors révélé les raisons pour lesquelles le patron de la chaloupe avait accepté de nous prendre à son bord. L'homme n'était pas un boucanier mais un simple trafiquant, vendant ce qu'il trouvait à vendre à qui voulait l'acheter, sans le moindre état d'âme, et ses services n'étaient jamais gratuits.

Un seul homme d'équipage lui était suffisant, et c'est ainsi qu'il avait défini le prix du passage de Corne d'aurochs pour la Jamaïque. Mais pour moi et, *a fortiori*, pour Louise, il n'était pas question que le bonhomme s'encombre sans contrepartie, en prenant, de surcroît, des risques supplémentaires.

Mais l'ancien compagnon de Régalec, qui avait assisté à la pendaison de ma mère et de La Gueuse, son camarade de misère, avait décidé qu'il ne partirait pas sans moi et il avait imaginé un stratagème pour le berner. Une jeune fille battue et naïve, contrainte de fuir Fort-Royal avec son frère, aurait une valeur intéressante pour les bordels de la grande île, avait-il fait valoir. Corne d'aurochs, quant à lui, se contenterait d'un tiers des bénéfices.

L'homme avait négocié et accepté le transport en échange des quatre cinquièmes des gains, s'imaginant très fort. Il n'avait posé aucune question et l'affaire s'était faite ainsi. La raison pour laquelle Corne d'aurochs ne nous avait rien dévoilé plus tôt était liée à son ignorance de la navigation : incapable de piloter un bateau en haute mer, il avait dû attendre d'être rendu assez près d'une île avant de se débarrasser du forban.

Or, nous nous trouvions à proximité d'Hispaniola, dont j'avais en effet aperçu les côtes dans le courant de l'après-midi. Il restait encore quelques boucaniers dans l'île. C'était l'occasion ou jamais. Corne d'aurochs avait donc décidé de passer à l'action la nuit même.

— Alors ne perdons pas de temps et allons-y, a commenté Louise d'un ton froid quand le récit a été terminé.

Lorsque Corne d'aurochs avait évoqué la transaction qui avait justifié notre embarquement, le visage de mon amie s'était fermé. À présent, l'œil noir et la mâchoire crispée, elle était prête à partir en guerre. Corne d'aurochs lui a tendu la main.

— Mon couteau, a-t-il soufflé.

— Plus tard, a répondu Louise. Je le tuerai moi-même.

Corne d'aurochs a haussé les épaules et s'est accoudé sur la lisse. Louise s'est dirigée vers l'arrière d'un pas décidé. Son ombre légère pouvait paraître bien inoffensive, mais je savais quelle fureur l'habitait. Je l'ai suivie, couteau à la main.

Le patron de la chaloupe dormait à l'arrière, près de la barre. Je devinais sa silhouette allongée entre le banc arrière et le poste du barreur. Nous devions contourner des caisses et des fûts de marchandises. L'air était si calme qu'on aurait pu croire que le bateau était à quai dans une baie abritée. Nous n'étions plus qu'à trois pas de notre victime.

Tout à coup, une risée a gonflé la voile et la chaloupe, dont la barre n'était pas tenue, a fait une brusque embardée. Nous avons perdu l'équilibre et Louise s'est retrouvée projetée sur le bastingage. Elle a étouffé un cri de douleur, mais le mouvement inattendu de l'embarcation avait suffi à réveiller le capitaine.

Celui-ci s'est redressé et, en un clin d'œil, il a compris la situation. Il a saisi un coutelas et, poussant un rugissement, il s'est précipité vers moi.

Louise, qui avait roulé sur le sol derrière une des caisses, se trouvait hors de son champ de vision. Le capitaine n'a donc pas pu la voir lancer sa jambe vers lui et, trébuchant, il s'est littéralement jeté dans mes bras.

Il m'a été impossible de le frapper et nous avons roulé ensemble sur le sol. Il est tombé sur moi et je n'ai pas pu me dégager.

Mais l'homme avait le bras libre et il a levé son coutelas. Il n'a pas eu le temps de l'abaisser. Louise s'était relevée et, l'agrippant par les cheveux, elle lui a tiré la tête en arrière et lui a tranché la gorge d'un seul coup. Le capitaine s'est affalé sur moi, m'inondant de son sang.

Je suis resté un long moment immobile, dégoûté. Puis Corne d'aurochs est arrivé et il a empoigné le cadavre pour le faire passer par-dessus bord. Enfin, il s'est tourné vers Louise.

— Joli coup, mademoiselle, a-t-il fait d'un ton gouailleur. Puis-je récupérer mon couteau, maintenant ?

— Tu en trouveras bien un autre, a répliqué mon amie sans sourire. Celui-ci est à ma main, à présent. Je le garde.

Corne d'aurochs a éclaté de rire puis, sans insister, il est allé reprendre sa place à la barre.

Nous avons mis le cap sur Hispaniola.

14

ABANDONNÉS

Trois mois plus tard, nous appareillions en direction des Açores, à bord du brigantin d'un certain capitaine Edward Bond, pirate qui avait navigué avec Bartholomew Roberts.

Auparavant, après avoir débarqué à Hispaniola, nous avions écoulé les marchandises de la chaloupe et ramassé un peu d'argent, de quoi nous procurer des armes et à manger pour quelques jours. Puis nous avions vendu la chaloupe elle-même et cherché un navire plus important.

Nous avions trouvé à nous embarquer sur un ketch minuscule avec d'anciens boucaniers que connaissait Corne d'aurochs, mais, après deux mois d'errance sans réaliser aucune prise, la plupart d'entre eux étaient allés chercher fortune ailleurs et nous nous étions séparés.

Nous avions alors rejoint la Jamaïque, où nous avions entendu dire que de nombreux pirates anglais recrutaient des équipages pour tenter leur chance dans l'océan Indien.

Un soir, dans une taverne, j'avais effectivement rencontré un quartier-maître originaire de Bristol qui recherchait des marins. Au début, Corne d'aurochs et Louise s'étaient montrés réticents car ils ne parlaient pas l'anglais, mais la renommée de Roberts et l'idée d'abandonner les Caraïbes, où les pirates, de chasseurs, devenaient de plus en plus souvent le gibier, avaient fini par les convaincre.

Il va de soi que Louise, depuis que nous avions abordé à Hispaniola, avait repris une apparence masculine. Bond avait donc accepté sur son navire, le *Saint-Matha*, un vieux boucanier et deux jeunes garçons, Gil et Loïc. Nous n'avions fait aucune référence à notre passé, et Bond n'avait pas posé de questions.

Bond était un marin expérimenté et respecté par ses hommes, mais il était colérique et ses emportements, au cours desquels il se montrait redoutable, lui avaient valu beaucoup d'ennemis. Ancien officier de la marine anglaise, il avait embrassé la carrière de la piraterie après s'être violemment querellé avec son capitaine, un Anglais rigide et hautain, qu'il avait tué avant de s'emparer de son navire.

Il ne venait donc pas de la flibuste ni de la boucanerie et la vie à bord était encore régie par certaines règles de la marine classique. Après sa mutinerie, il avait participé à quelques expéditions avec Bartholomew Roberts, mais son caractère irascible avait eu raison de leurs relations. La composition de son équipage s'en ressentait : les pirates le quittaient aussi vite qu'ils s'y enrôlaient.

Très vite, nous avons donc compris que Bond, pirate par orgueil et non par nécessité sociale, ne suivait pas la même route que nous et que, à la première occasion, nous changerions de bord. Cependant, Louise était d'accord avec moi sur un point : si nous voulions voler de nos propres ailes, il nous fallait apprendre les techniques de la navigation.

La plupart des marins, pirates ou non, étaient incultes et devaient lier leur sort à celui d'un capitaine capable de tracer une route et de faire exécuter les bonnes manœuvres au bon moment. Le maniement d'un brigantin ne s'improvisait pas.

Falkner, le quartier-maître qui nous avait recrutés, m'avait pris en amitié et il a facilité mes rapports avec Bond. Celui-ci, homme assez cultivé, s'est lui aussi entiché de moi, chez qui il avait découvert avec étonnement une certaine connaissance des poètes et dramaturges de son pays.

En fait, il s'ennuyait en compagnie des marins qu'il considérait comme des rustres tout juste capables d'obéir, et il m'a donc très vite pris sous son aile.

Ainsi, entre deux citations de Marlowe ou de Shakespeare, il s'est mis à m'enseigner l'art de la navigation, dont Le Moine m'avait déjà expliqué les rudiments. Le soir, après mon quart, je transmettais ce que j'avais appris à Louise, avec qui je partageais mon hamac.

Même si elle évitait toute familiarité avec eux, Louise n'avait plus peur des marins et elle faisait sa part de travail sans rechigner, engrangeant sans en avoir l'air les connaissances et les techniques de la mer.

Les prises, en plein océan, étaient plutôt rares, et Bond avait hâte d'arriver en vue des côtes de l'Afrique, où les bonnes occasions abondaient. En attendant, pour distraire son équipage, il avait coutume de faire jouer des musiciens, habitude qu'il avait empruntée à Roberts.

Un jour, après une longue discussion sur le théâtre, qu'il avait aimé avec passion avant de naviguer, il m'a proposé de recruter quelques marins pour monter un spectacle divertissant afin de sortir les hommes de l'ennui de la traversée.

J'ai été surpris, mais je me suis vite pris au jeu. La Gueuse m'avait raconté, une fois, que les pirates avaient parfois coutume, sans doute pour conjurer le sort ou pour se moquer du destin qui les attendait presque immanquablement, de reproduire des parodies de procès lors des longues périodes d'inaction.

L'un d'eux tenait le rôle du juge — qu'il jouait avec une emphase bouffonne — et les autres se retrouvaient avocats, accusateurs ou accusés. Les pirates adoraient singer cette société qui les avait précipités dans une vie de danger et de misère, et je n'ai eu aucun mal à monter ma petite troupe sur le *Saint-Matha*.

Si on m'avait dit, à l'époque, que le théâtre pouvait être dangereux, j'aurais éclaté de rire. Le spectacle que je me préparais à mettre en scène allait pourtant tourner au tragique. Fidèle à la tradition, j'ai donc monté avec quelques matelots une farce tournant en dérision la justice du roi et l'hypocrisie des juges.

Falkner, le quartier-maître, avait accepté de jouer le rôle du juge et Willis, un des deux canonniers du bord, celui du condamné (on n'estimait pas utile de dire «l'accusé» puisque celui-ci, dans ce contexte, ne pouvait être reconnu que coupable).

Notre arlequinade a eu lieu un dimanche après-midi, alors que le calme de la mer laissait les marins inactifs. Le spectacle s'est plutôt bien déroulé, les matelots s'en donnaient à cœur joie, riant et invectivant le juge à chacune de ses charges ridicules contre Willis. Le capitaine Bond s'amusait également, mais il était surtout heureux de voir ses hommes sortir de leur ennui, qui était souvent fatal à la cohésion d'un équipage.

Vers la fin de la représentation, j'ai aperçu Norris, le second canonnier, sortir de la cale par une des écoutilles. Je me suis rendu compte qu'il n'avait pas assisté au spectacle et j'ai vite compris, à sa démarche titubante, qu'il avait dû puiser sans discrétion dans les réserves de rhum du bord, ce qui était formellement interdit, même sur les bateaux pirates, non pour des raisons morales mais pour la sécurité.

Norris et Willis pratiquaient le matelotage et, même s'ils étaient de caractère opposé — Willis étant plutôt d'un tempérament enjoué —, ils s'entendaient comme deux frères.

Le premier est arrivé sur le pont, titubant, au moment précis où Falkner venait de prononcer un réquisitoire d'une grande violence, avec un style pompeux mais plein d'un humour corrosif, contre le pauvre Willis, qui jouait en retour l'innocent offensé par une telle diatribe.

Norris est tout de suite entré dans le jeu, encouragé par ses camarades. Du moins l'ai-je cru. Tout le monde l'a cru. Il s'est mis à invectiver le juge, repris en chœur par les autres pirates, puis il a pris ces derniers à partie.

— Camarades! a-t-il hurlé. Allons-nous laisser un des nôtres se faire pendre comme un chien? Qu'attendons-nous pour passer ce pitre par-dessus bord?

Les matelots, pris par le jeu, ont renchéri en hurlant et en riant. J'allais me féliciter de la réussite de mon divertissement lorsque Louise m'a tiré par la manche. Elle était pâle.

— Regarde-le, a-t-elle murmuré. Il ne joue pas la comédie.

Je me suis tourné vers Norris. En effet, le visage du canonnier était empourpré par la haine. Ses mains tremblaient et de la bave apparaissait aux commissures de ses lèvres. Était-il devenu fou? Croyait-il vraiment à la réalité du simulacre grotesque qui se déroulait sous ses yeux?

Oui, sans aucun doute, et l'abus d'alcool devait l'avoir aidé dans sa méprise. Sans que les assistants aient le temps de réagir, Norris a dégainé son sabre et il s'est précipité sur Falkner, qu'il a frappé d'un coup violent.

Le quartier-maître s'est effondré, le sang jaillissant par une profonde blessure au cou. Alors les hommes ont compris leur erreur. Ils se sont lancés sur Norris, Willis le premier, pour le désarmer, mais le mal était fait. La carotide tranchée, Falkner n'avait aucune chance.

Norris, qui était aussi fort que stupide, a eu le temps de blesser grièvement trois hommes avant d'être maîtrisé. Le charpentier, qui faisait office de chirurgien, a tenté de juguler l'hémorragie, mais ses efforts ont été vains. Falkner est mort très vite, vidé de son sang.

Le meurtrier a été mis aux fers sans délai, non pour avoir tué le quartier-maître, mais pour s'être enivré dans la cale. Pour le reste, à mon grand étonnement, on admettait plus ou moins qu'il avait agi en état de «légitime défense», étant de bonne foi, contre un juge inique.

Seul Bond enrageait, d'autant plus que l'accident l'avait privé d'un excellent quartier-maître. Furieux contre l'équipage, maudissant ces «imbéciles qui confondent le théâtre et la réalité», il m'a pris comme second alors qu'un ou deux marins, plus anciens et plus expérimentés que moi, auraient pu faire l'affaire.

Je n'avais guère lieu de m'en réjouir, sachant que cette promotion risquait de me faire détester par le reste de l'équipage, qui la considérait comme injuste. Le voyage a donc continué dans un climat de méfiance et de ressentiment, sans que la moindre rencontre vienne distraire les marins de ce triste événement.

Une semaine plus tard, alors que nous approchions des Açores, une violente tempête a secoué le *Saint-Matha* pendant deux jours et deux nuits, provoquant d'importantes avaries à bord. Les vents nous ont déportés vers le sud et Bond a décidé de faire relâche sur les côtes africaines avant de poursuivre vers le cap de Bonne-Espérance.

Cette décision a déplu à la majorité de l'équipage qui, depuis notre départ de la Jamaïque, rêvait de prises de galions et de riches navires marchands. Bond, en principe, aurait dû se plier au choix de l'équipage, son rôle se bornant à naviguer et à diriger les abordages. Mais il prétextait que les parages des Açores étaient infestés de vaisseaux de guerre et qu'il valait mieux les éviter.

L'équipage s'est soumis à contrecœur, personne ne se sentant les épaules assez larges pour mener un mouvement de contestation. Je commençais à trouver ce voyage pesant et Louise était du même avis. Pourtant, nous ne parvenions pas à prendre parti pour un camp ou pour un autre.

L'autorité de Bond était abusive, si l'on s'en tenait aux articles de la plupart des chartes-parties, mais son jugement était lucide. Il parvenait encore à contrôler sa colère face aux marins, mais je sentais venir le moment où son humeur irritable prendrait le dessus et où il en viendrait à commettre l'irréparable.

La tension à bord était à son comble lorsque nous sommes arrivés en vue de l'Afrique. Bond se refusait à attaquer des navires négriers, dont la cargaison n'était pas facile à négocier. Par ailleurs, il ne se sentait pas l'âme d'un libérateur, et le sort des esclaves lui importait peu. Nous descendions donc vers le sud, à peu de distance de la côte, à la recherche de navires marchands.

Les hommes, cependant, étaient las d'attendre la fortune promise dans l'océan Indien. Ils étaient d'avis de remonter vers le nord, où il y aurait davantage de chances de rencontrer des navires se livrant au commerce triangulaire. Bond s'entêtait. Il était irritable et multipliait les punitions. La révolte grondait.

C'est finalement au large des côtes de l'Angola que la mutinerie s'est produite. Pour une sombre histoire de cordage mal enroulé, Bond avait éclaté d'une fureur disproportionnée et frappé un des marins. La chaleur, l'inaction et la frustration accumulée depuis des jours par ces derniers les ont fait exploser à leur tour.

Bond faisait à présent figure de tyran. Et j'étais son second… J'ai essayé de calmer le jeu, mais les pirates, excédés, n'ont rien voulu savoir. Au contraire, en me mettant dans le même sac que le capitaine, ils me laissaient entendre que, si j'insistais, je risquais de subir le même sort.

Corne d'aurochs a tenté de me défendre, mais sa connaissance de l'anglais se réduisait au strict minimum nécessaire à la compréhension des ordres pour la manœuvre et il n'a pas pu se faire comprendre.

Le verdict a donc été prononcé sans délai. Comme il n'y avait pas d'île en vue, Bond serait débarqué sur la côte angolaise. En attendant, il serait mis aux fers.

Pour ma part, on m'a laissé libre, mais j'étais maintenant isolé. Le nouveau capitaine élu, qui avait été maître de manœuvres sur un autre navire et était capable de diriger le brigantin, m'a démis de mes fonctions et ordonné de laver le pont. Louise bouillait de rage. Depuis plusieurs semaines, elle était malade, vomissait souvent et était d'humeur sombre, mais elle s'est contenue et elle est restée coite.

Trois jours plus tard, l'homme de vigie apercevait le long de la côte l'embouchure d'un petit cours d'eau, à demi ensablée. Les hauts fonds empêchaient de s'en approcher et une barre en rendait l'accès encore plus difficile. Le *Saint-Matha* a donc mouillé à quelques encablures de là et le capitaine a fait mettre un canot à la mer.

Aucun marin, toutefois, n'était très chaud pour franchir la barre et conduire Bond jus-qu'au rivage, au risque de ne pas pouvoir rejoindre le navire. Il était cependant trop tard pour revenir en arrière, et il a été décidé de laisser Bond se débrouiller lui-même avec le canot.

Celui-ci n'a fait aucune objection. Au moment où il franchissait le bastingage, Louise m'a jeté un coup d'œil. Elle était blême. Ni elle ni moi n'avions plus le moin-dre désir de rester sur ce bateau. Personne ne s'est opposé à notre départ. C'était notre droit. Nous avons fait nos adieux à Corne d'aurochs et nous avons rejoint le capitaine Bond.

Quelques heures plus tard, nous nous trouvions tous les trois ballotés par les vagues dans cette embarcation minuscule, avec un tonnelet d'eau douce, trois couteaux et trois coutelas, une poire de poudre et un vieux mousquet.

Le *Saint-Matha* a mis les voiles et s'est éloigné vers le sud, accompagné par les imprécations du capitaine Bond. Ce n'est que lorsque le bateau s'est trouvé hors de portée de voix que nous nous sommes aperçus que nous n'avions ni rame ni aviron.

15

RETROUVAILLES

Bond s'étranglait de rage, mais il avait beau hurler, injurier, maudire, nous ne pourrions pas franchir la barre sans avirons. Seul l'épuisement a fini par le faire taire, en fin d'après-midi.

J'avais un autre souci. Louise, qui avait eu du mal à embarquer dans le canot — ce que je ne m'expliquais pas car elle n'était pas blessée —, gisait maintenant au fond, recroquevillée sur elle-même, gémissant doucement. J'ai posé ma main sur son front, mais elle n'avait pas de fièvre. Tout à coup, elle s'est relevée à demi et a vomi par-dessus le plat-bord. Je l'ai prise contre moi et je l'ai bercée. C'était là tout ce que je pouvais faire. Elle a fini par s'endormir.

Lorsque je me suis relevé, le *Saint-Matha* avait disparu à l'horizon et je me suis rendu compte que nous avions pas mal dérivé. De fait, un fort courant descendait le long de la côte. Lutter contre un tel courant, c'était le meilleur moyen de s'épuiser en peu de temps. En nous laissant porter, au contraire, je me disais que nous finirions bien par arriver en vue d'un rivage abordable.

Au bout de quelques jours, nous étions allongés tous les trois, exténués. Bond, au début, avait réussi à prendre quelques poissons en bricolant une ligne avec un fil de son vêtement et un hameçon avec une broche qu'il portait au revers de sa veste, mais un requin, le troisième jour, avait emporté ligne et hameçon. Depuis, nous dérivions, affamés et désespérés.

Un matin, une semaine peut-être après notre abandon par le *Saint-Matha*, j'ai aperçu une voile au sud-ouest. Le navire remontait vers le nord. Peu importait son pavillon, si je ne réussissais pas à attirer son attention, nous étions promis à une mort certaine.

Le bateau se traînait, comme si son capitaine n'était pas capable d'utiliser toute sa toile disponible. Tant mieux, après tout, il aurait davantage de chance de nous apercevoir. Bond et moi nous sommes levés et, enlevant nos vareuses, nous nous sommes mis à faire des signaux.

Le navire a semblé hésiter longtemps, puis il a enfin viré de bord et s'est dirigé vers nous. Au bout d'un moment, nous avons pu identifier son pavillon: français. C'était une goélette de la Royale. Bond s'est renfrogné.

— Je n'ai rien à attendre de bon de ces maudits Français, a-t-il grogné.

— À manger, peut-être, ai-je lâché. Dans notre situation, ce ne sera déjà pas si mal.

— Sans doute, si on aime manger les fers aux pieds, a-t-il répliqué.

Louise s'est levée à son tour. Son état me préoccupait de plus en plus. Elle paraissait parfois tout à fait remise, active, plus vive que nous, même, puis ses nausées la reprenaient et son regard se voilait. Je la sentais inquiète, angoissée.

— Il faut aller à terre, a-t-elle murmuré, comme si elle n'avait pas vu le brick.

— Ce sont des Français, ai-je répondu en lui montrant du doigt le vaisseau qui s'approchait. Nous dirons que nous avons fait naufrage.

— Il faut aller à terre, a-t-elle repris avec obstination.

Elle était blême et serrait les dents. Je n'ai pas eu le loisir de m'occuper d'elle. Déjà je distinguais quelques hommes sur le pont du brick. Je me suis accordé avec Bond sur l'histoire que nous allions servir à nos sauveteurs pour passer pour d'honnêtes commerçants, puis, lorsqu'ils ont été assez proches, j'ai hélé les marins français.

Étrange navire, étrange équipage. Des matelots abattus, peu nombreux et mal dirigés par un lieutenant des armées du roi, et une poignée de soldats blessés, certains agonisants, étendus sur le pont comme s'ils avaient jugé plus digne de mourir au soleil.

Le brick appartenait à une escadre qui avait affronté des pirates anglais dans la région du cap de Bonne-Espérance. Il avait subi des avaries et il devait réparer. Il en profitait pour rapatrier les blessés, tandis que le reste de la flotte poursuivait les pirates.

Le lieutenant, un jeune seigneur angevin, a écouté notre histoire d'un air fatigué puis, sans même lui avoir fait donner à manger, il a fait mettre le capitaine Bond aux fers, à fond de cale.

— Cet homme est un pirate et, de surcroît, un ennemi de la France, a-t-il daigné m'expliquer. Quant à vous, dont le cas me semble moins clair, vous avez de la chance que j'aie besoin de matelots. Vous comparaîtrez plus tard devant le vice-amiral de notre flotte, qui décidera de votre sort. Mettez-vous sous les ordres du bosco.

La rage au cœur, j'ai dû m'exécuter. Louise, surmontant ses malaises, m'a imité et nous avons tâché de nous faire oublier.

— Surtout, ne dis rien à mon propos, a-t-elle soufflé. Je ne veux pas qu'ils...

Un haut-le-cœur l'a empêchée de terminer sa phrase, mais elle s'est maîtrisée et, se mordant les lèvres, elle s'est dirigée vers le maître de manœuvres.

Je me suis vite rendu compte que les marins étaient exténués et traités par le lieutenant comme jamais on n'aurait traité des chiens. Ils n'en courbaient pas moins l'échine, n'ayant jamais su faire autre chose.

Les soldats étaient pourtant peu nombreux et pour la plupart estropiés, mais il n'y avait pas de chirurgien à bord. Quant au lieutenant, qui remplaçait sans réelle expérience de la mer son capitaine mort au combat quelques jours auparavant, il ne savait se faire respecter que par le fouet et les brimades. Pourquoi les matelots ne se révoltaient-ils pas ?

La réponse, hélas, était la même que sur tous les océans. Aucun matelot n'avait les connaissances suffisantes de la navigation pour diriger un navire. Et ils préféraient endurer la garcette et les supplices plutôt que de crever à petit feu de faim et de soif sur un bateau à la dérive.

Dès le lendemain de notre sauvetage, un des marins, blessé à la main, avait par maladresse laissé échapper un filin et une poulie s'était abattue à quelques pouces du lieutenant. L'homme avait immédiatement été lié au grand mât et déshabillé jusqu'à la ceinture. Devant l'équipage réuni, le lieutenant bouffi de haine avait ordonné qu'on lui administre cent cinquante coups de fouet.

Nous savions tous que ce nombre était insensé et que le matelot, déjà affaibli, ne survivrait pas. Les marins étaient outrés, grimaçants de rage, mais leur soumission était la plus forte. J'ai parcouru le pont des yeux. Les matelots étaient réunis autour du mât, les quelques soldats valides se tenaient entre les matelots et le lieutenant, et les autres gisaient sur le pont, abandonnés à eux-mêmes. Louise avait disparu.

Tous les yeux étaient tournés vers le supplicié et le bosco, qui se tenait près de lui, attendant l'ordre de frapper. Je me suis retiré vers l'arrière sans me faire remarquer. Derrière le tonneau d'eau douce, une silhouette était accroupie. À quelques pas, un des soldats avait fini d'agoniser, sans que personne ne s'en rende compte. Son fusil à baïonnette avait disparu.

Tout s'est passé en un éclair. À peine le lieutenant avait-il ouvert la bouche pour déclencher le châtiment que Louise jaillissait de sa cachette, fusil en main. La baïonnette s'est enfoncée dans le dos du lieutenant et est ressortie par la poitrine, le clouant litté-ralement sur le pont.

Assommant d'un coup d'espar un autre soldat, je me suis emparé de son arme et j'ai rejoint Louise. Les baïonnettes, en fait, n'étaient pas d'un usage facile sur un navire. C'est à coups de crosse que j'ai frappé les deux soldats qui tentaient de se saisir de Louise. Celle-ci s'est dégagée et, sortant son couteau de sa chemise, elle en a poignardé un troisième.

Les matelots, pendant ce temps, sem-blaient avoir été réveillés de quelque charme qui les avait maintenus dans l'hébétude pendant des années. Libérant soudain leur rage trop longtemps contenue, ils se sont rués sur les quelques soldats encore debout et figés par la stupeur.

Il n'a fallu que quelques instants pour que le pont soit nettoyé, les soldats désarmés et le bosco maîtrisé. Grisé par cette action, exalté par un sentiment de liberté retrouvée, je me suis écrié sans réfléchir :

— Camarades, je prends possession de ce bateau. Ceux qui veulent me suivre sont les bienvenus. Les autres pourront s'embarquer dans une chaloupe et attendre le reste de la flotte.

Le bosco m'a lancé un regard noir et il a craché par terre avec mépris. Louise n'a pas hésité. Elle n'a eu qu'un pas à faire pour lui planter son couteau dans la gorge.

Seule une demi-douzaine de soldats survivants, dont la moitié impotents, ont préféré s'embarquer dans une chaloupe — craignant sans doute de se faire jeter par-dessus bord par les marins furieux. En revanche, tous les matelots m'ont suivi.

J'ai fait abattre le pavillon de la Royale et je suis descendu libérer Bond. Celui-ci a éclaté de rire en apprenant ma nouvelle promotion, mais il s'en est accommodé sans sourciller.

Le brick contenait assez d'armes pour équiper tous les marins et des provisions pour plusieurs semaines. Le problème, à présent, était de trouver où réparer nos avaries. Remonter la côte vers le nord me semblait risqué. Les négriers tenaient la plupart des comptoirs commerciaux et nous aurions du mal à faire passer notre brick pour un quelconque bateau de commerce.

Mon idée était donc de passer le cap de Bonne-Espérance pour rejoindre l'île de Madagascar, où de nombreux pirates sévissant autrefois dans les Antilles avaient trouvé refuge. Ma seule crainte était de tomber sur le reste de la flotte dont le brick était issu.

Bond a suggéré de se laisser porter par le courant, que des vaisseaux remontant vers le nord éviteraient. Ainsi, en surveillant la côte, nous aurions peut-être quelque chance d'y apercevoir un havre possible pour réparer.

Nous avons vogué ainsi à petite allure pendant quelques jours. Le brick était fatigué, les marins aussi. Bond, je ne sais pourquoi, était d'humeur sombre. Louise, quant à elle, semblait reprise par son idée fixe : aller à terre. Il devenait urgent de découvrir un mouillage sûr.

Ce mouillage, nous ne l'avons jamais trouvé. Une semaine après la prise du brick, nous avons aperçu deux navires arrivant sur nous par tribord arrière. Il a vite été clair que la rencontre n'était pas fortuite. Les deux vaisseaux, des frégates rapides et puissamment armées, avançaient vers nous sans la moindre hésitation.

— Vous n'auriez jamais dû laisser partir les survivants, a grommelé Bond, les yeux fixés sur nos poursuivants. Ces chiens de Français les ont récupérés et ils savaient très bien où nous retrouver, d'autant plus que ce brick se traîne comme une savate. Ils ne nous laisseront aucune chance.

— Ils ne nous tiennent pas encore, a répliqué Louise. Tant qu'à finir pendus à notre tour, autant en découdre autant que nous le pouvons.

En découdre, oui, nous avons essayé. Nous nous sommes battus comme des lions. Ou peut-être serait-il plus juste de dire comme des rats acculés. Car c'est ce que nous sommes vite devenus, pourchassés par deux vaisseaux de guerre débordant de soldats entraînés.

Nos matelots étaient affaiblis et n'avaient jamais appris à se battre. Leur fureur n'a guère fait le poids contre les tirs bien ajustés des soldats du roi et le brick, après avoir subi deux grosses voies d'eau à la suite de la canonnade, n'était plus qu'une épave en sursis.

Nos marins ont vite perdu tout espoir et se sont rendus. Bond et Louise, possédés par une fureur immense, se sont battus jusqu'au bout, égorgeant, amputant, éventrant avec une rage que je n'avais jamais vue.

Puis Louise s'est soudain pliée en deux, et elle est tombée à genoux sur le pont en se tenant le ventre. Les hommes du roi ont arrimé le brick à leurs frégates et ont investi le pont. En un instant, nous nous sommes retrouvés désarmés et enchaînés.

Le capitaine de la plus grande des deux frégates est passé à notre bord, accompagné par son second. Celui-ci, un homme encore tout jeune, en uniforme, s'est avancé vers nous, l'air dur. Son visage ne m'était pas inconnu. Tout à coup, je me suis senti très mal à l'aise.

Puis l'homme s'est planté devant moi et il a planté ses yeux dans les miens. Je suis devenu blanc comme un linge. Lui-même a pâli et sa bouche s'est ouverte, mais il n'a pas prononcé un mot.

C'était mon frère. Mon frère Nicolas.

16

LES ENFANTS DE LA LOUVE

Voilà six semaines maintenant que je suis enfermé dans la prison de Nantes, cette prison dont on parle tant. Mon procès a eu lieu, la sentence a été prononcée. Je serai pendu demain.

J'ai fait tout le voyage depuis les côtes de l'Angola enchaîné à fond de cale. Le capitaine Bond, lui, a été pendu à la grande vergue le jour même de notre capture par le comte de Cussec, commandant de la *Victoire*, la frégate dont Nicolas était devenu le second après la mort de l'homme qui occupait ce poste lors d'un combat contre des pirates anglais.

Louise et moi, en revanche, ainsi que la plupart des mutins, avons été ramenés en France afin d'y être jugés en bonne et due forme, et pour que nos cadavres puissent servir d'exemple auprès de la population en pourrissant au bout d'une corde à la vue de tous.

Louise a tout de suite été isolée et, tout le temps qu'a duré notre long voyage de retour jusqu'à Nantes, je ne l'ai pas vue une seule fois. Cussec s'était vite rendu compte qu'elle était de sexe féminin. La marque au fer rouge qu'elle portait sur la joue, à laquelle les pirates n'avaient accordé aucune importance particulière, avait pour cet homme une signification qu'il ne pouvait ignorer : c'était celle réservée aux prostituées récidivistes.

Il l'a donc fait observer par le chirurgien du bord, qui a découvert non seulement que Louise était une femme, mais qu'elle était enceinte de plusieurs mois ! Et moi, pauvre imbécile, je ne m'en étais même pas douté, malgré les signes qui auraient sans doute été évidents pour quiconque avait vécu dans un monde plus ordinaire !

En d'autres circonstances, j'aurais été heureux de savoir que Louise portait un enfant de moi. Nous aurions pu l'élever dans un monde libre, loin des systèmes et des tyrannies. Mais à présent, alors que je suis promis à la potence, il n'aura comme perspective d'avenir que le long calvaire dévolu dans ce monde aux sans-famille.

Les tribunaux, d'habitude, ne pendent pas les femmes enceintes. Jusqu'à leur accouchement, du moins. Cela laissera à Louise un sursis, mais quelles seront ses chances d'en tirer parti? Elle n'a aucune aide à attendre de Nicolas.

Les retrouvailles avec mon frère, en effet, n'ont en rien été ce que j'aurais pu imaginer. Ni embrassades ni effusions. Lorsque nous nous sommes reconnus, il est resté un long moment interloqué, puis il a murmuré quelque chose à l'oreille du capitaine de Cussec avant de rejoindre son bord, sans un mot pour moi.

Plus tard, après notre transfert sur la *Victoire*, je l'ai aperçu parmi d'autres officiers, mais, ayant été mis aux fers, je ne l'ai pas revu pendant plusieurs jours.

Je moisissais à fond de cale depuis plus d'une semaine, parmi les rats et les odeurs de vomi et de déjections des prisonniers, lorsque Nicolas est apparu. Un matelot l'accompagnait, porteur d'une chandelle. Mon frère était toujours vêtu comme pour aller au bal, rasé de près et parfumé.

Curieusement, ma première impression quand je l'ai vu ainsi a été un souvenir. Celui de cette phrase qu'il avait prononcée d'un ton hargneux et méprisant dans la cohue des rues de Nantes, tandis que notre mère nous entraînait vers la porte de la ville où la tête du comte de Kergorieu avait été exposée: «Comment peut-on puer autant?»

Nicolas avait toujours détesté la populace et, s'il était un modèle de courage, il n'avait pas envers les faibles cette bienveillance qui avait caractérisé nos parents. Il ne s'était jamais départi de cette attitude, même lorsque nous nous étions embarqués sur le *Tiercelet* et que notre mère avait décrété qu'il n'existait plus aucune hiérarchie légitime.

Il n'avait pas changé. Si, dans la pénombre de la cale, je ne distinguais pas son visage avec netteté, le parfum musqué dont il s'était aspergé m'en disait autant qu'un interminable discours.

Mon frère m'a considéré un long moment, puis il a congédié le matelot après lui avoir pris la chandelle des mains. Mais il ne m'a pas fait retirer mes fers, et ne s'est pas agenouillé pour se mettre à ma hauteur. Pendant la durée de notre entretien, il est resté debout, jambes légèrement écartées, me dominant de toute sa hauteur.

— Mon pauvre Gilles, a-t-il enfin prononcé lorsque nous avons été seuls. Tu vois où t'ont mené les folies de notre mère. Si nous n'avions pas été séparés, j'aurais pu tenter de l'arracher à l'influence néfaste de ce gueux de Le Moine. Je suis heureux que ce bandit ait été pendu à Fort-Royal, comme j'en ai été informé.

— Notre mère a subi le même sort, Nicolas.

— Parce que tu n'as pas su la protéger! La douleur lui a fait perdre la tête et tu n'as rien fait pour lui faire recouvrer la raison. J'ai lu les minutes du procès, je sais dans quelles turpitudes Le Moine et d'autres forbans de la même espèce vous ont entraînés. Mais tu es un Kergorieu, Gilles, tu avais le devoir d'empêcher cela de toutes tes forces.

— Maman n'était pas folle...

— Silence! Tu blasphèmes! Seule la folie peut expliquer de tels agissements. Il n'y a de vérité que dans l'ordre. Notre père lui aussi s'est fourvoyé, et si j'ai été aussi choqué que toi par le supplice qu'il a subi, il m'appartenait de rétablir l'honneur de la famille. C'est ce que j'essaie de faire depuis que j'ai été recueilli dans la Manche par un navire de Sa Majesté.

J'allais lui demander, sans trop y croire, ce qu'il était advenu de nos compagnons, mais Nicolas a poursuivi sans s'interrompre:

— Grâce à mon témoignage, j'ai fait pendre Une-Oreille et ses semblables, et j'ai pu entamer une carrière dans la marine. Le comte de Cussec m'a pris sous sa protection et je ferai tout mon possible pour redonner son lustre au nom des Kergorieu.

J'ai fermé les yeux. Je portais le même nom que cet homme qui se tenait devant moi avec arrogance, nous étions sortis du même ventre et nous avions été élevés avec les mêmes principes, avec les mêmes caresses. Et pourtant, nous n'appartenions pas au même monde.

J'avais cru en la liberté, en la vie ; j'avais déjà perdu la première, j'allais perdre la seconde. Mais je n'allais rien renier. Car je me doutais bien, à présent, que c'était pour cela que Nicolas était descendu dans cette cale. Il n'était pas venu pour me réconforter, pour faire la paix. Il était venu pour assister à son propre triomphe. Ou plutôt, à celui des maîtres qu'il servait.

Et c'est effectivement au repentir qu'il m'a exhorté. Quelle avait été notre vie, quels avaient été les derniers moments de notre mère, cela ne l'intéressait pas. Il ne voulait, comme il me l'avait dit, que « redorer » le blason des Kergorieu. Mais qui l'avait dédoré sinon ceux dont il n'était devenu rien de moins que le chien courant ?

Je ne lui ai pas répondu. Il m'a toisé d'un regard méprisant.

— Je ne pourrai pas t'éviter la corde si tu n'y mets pas du tien, Gilles. Reconnais tes fautes, admets tes errements, et peut-être trouverai-je un couvent qui acceptera de t'accueillir dans la pénitence pour le restant de tes jours.

Un couvent… J'ai faiblement souri en pensant à Le Moine. Nicolas a dû penser que je me moquais de lui.

— Quant à cette jeune fille qui t'accompagnait, a-t-il continué d'un ton glacé, elle sera placée dans une maison jusqu'à ce qu'elle donne le jour à son enfant. Au tien, a-t-il ajouté du bout des lèvres après un bref silence. Ensuite…

Nicolas s'est tu, savourant son effet. J'avais rouvert les yeux et je devais lutter pour ne pas laisser transparaître mon émotion.

— Après le sevrage, a-t-il repris, elle sera sans doute placée dans une institution religieuse pour y méditer sur le pardon. Quant à l'enfant, il sera la preuve de ma propre mansuétude. J'en ferai l'instrument de la rédemption de ses parents indignes.

J'ai frémi. Qu'entendait-il par là ? Je craignais de le savoir déjà. Si l'enfant à naître était une fille, il la ferait jeter dans un couvent où elle mènerait une vie étriquée dans l'ombre et les privations, une existence de pauvre larve privée de lumière et d'amour. Et si j'avais un fils, à quel enfer le destinerait-il ? Il en ferait sans doute un chien de chasse comme lui, un misérable tourmenteur de la misère humaine paré du nom des Kergorieu comme d'une crécelle de lépreux. Quelle pitié!…

Je n'ai jamais revu mon frère. Pour ce faire, il aurait fallu que j'en fasse la demande, mais je m'y suis refusé. Louise, en revanche, a été autorisée une fois à venir dans ma cellule. C'était ce matin.

Son état lui avait valu quelques soins et elle ne m'a pas semblé trop mal en point. Nous nous sommes embrassés longuement, en pleurant, sous le regard bovin et à peine gêné d'un garde-chiourme. Je lui ai caressé le visage, les seins, puis le ventre. J'ai sursauté.

— Il a bougé! ai-je murmuré, bouleversé.

— Oui, c'est pour bientôt.

De nouveau nous nous sommes serrés l'un contre l'autre.

— Je regrette, Louise, ai-je dit après un long silence.

— Il n'y a rien à regretter. J'ai connu l'amour et la liberté alors que je me croyais vouée à l'enfermement et à la solitude. Je ne serai plus jamais seule.

— Je serai pendu demain, tu le sais.

— Ils pendront ton corps, Gilles, mais tu seras vivant à jamais pour moi.

Le geôlier a fait signe que la visite était terminée. Louise s'est levée.

— Méfie-toi de Nicolas, ai-je encore ajouté.

— Je ne céderai jamais.

Le garde-chiourme l'a poussée avec rudesse et la porte s'est refermée dans un claquement sinistre. Je me suis retrouvé seul.

Demain, tout serait fini.

ÉPILOGUE

Ce sont eux qui ont fait de moi une bête. Mais eux, ils sont pires que des bêtes.

Ils ont pendu Gilles comme ils avaient pendu sa mère. Je suis possédée par la haine, mais ils me croient repentante : j'ai appris à dissimuler mes sentiments.

J'ai mis mon enfant au monde. Une petite fille belle comme un cœur. Je l'ai appelée Rachel. Je ne l'ai pas dit à Nicolas. Il n'avait pas à le savoir.

Il a joué au protecteur avec moi, et j'ai joué le jeu jusqu'au bout. Je savais qu'il ne me toucherait pas. Il lui suffisait de m'humilier, de m'écraser, de me nier. Je ne lui ai jamais parlé. Je baissais les yeux en sa présence, et il prenait cette manifestation de ma haine pour de la soumission.

Cet imbécile n'avait même pas pris la peine de me cacher ce qu'il comptait faire de moi et de mon enfant après mes mois de nourrice. Je l'aurais deviné sans mal, de toute façon. Dans sa rigidité, il est transparent comme un cristal. Ma décision était donc prise depuis le début.

Il m'a installée dans une petite maison, en Bretagne, près des ruines de Kergorieu, sous la surveillance d'une marâtre et d'un ancien sergent qui lui est dévoué comme un roquet bien dressé. Eux aussi me croient soumise, brisée, inoffensive.

Ils n'ont jamais retrouvé le couteau que j'ai volé à la cuisine, et ils se sont même disputés à maintes reprises à ce propos, s'accusant mutuellement. Ils sont si faciles à manœuvrer!

Quand Rachel a été sevrée, la vieille a écrit à Nicolas pour l'en informer, comme convenu. Celui-ci se trouvait à terre, à Nantes, et il est arrivé quelques jours plus tard pour prendre possession de ma fille. Je lui ai tranché la gorge le soir même.

Il n'a rien vu venir. Ce n'est qu'au dernier moment, alors que, pour la première fois, je le regardais droit dans les yeux, qu'il a compris.

— J'espère qu'il existe un enfer, ai-je dit lorsque son regard s'est voilé.

Il s'est effondré devant moi comme une poupée de chiffon. Mes deux gardiens ont subi le même sort. La nuit venue, j'ai quitté la maison après avoir revêtu des vêtements d'homme.

Rachel, la mère de Gilles — ma mère, devrais-je dire —, m'avait longuement parlé, lors des dernières soirées que nous avions passées seules toutes les deux à Eutopia, d'amis sur qui elle savait pouvoir compter en toute circonstance. Je connais leur nom et l'adresse de leur manoir. En plein cœur de la forêt de Brocéliande.

C'est là qu'elle pensait se retirer, vers la fin, lorsqu'elle était dégoûtée par cette vie d'errance. Caché sur moi depuis des mois, un bijou dont elle m'a fait cadeau me servira de mot de passe. Même Gilles n'en connaissait pas l'existence.

La petite Rachel, je l'espère, vivra là la vie que sa grand-mère avait souhaitée, loin de la furie des hommes. Je lui apprendrai ce que sont les vrais héros : non pas des prédateurs mandatés par des tueurs qu'on appelle des rois, mais des êtres libres.

Un jour peut-être, je reprendrai la mer. Avec elle ? Qui sait… Il y a tant de choses à vivre…

Note : Le discours de La Gueuse, à la fin du chapitre 11, est celui que le pirate Bellamy a tenu au capitaine Beer, de qui il venait de couler le navire et qui refusait de se joindre à lui dans la carrière de la piraterie (retranscrit par Daniel Defoe dans son *Histoire générale des plus fameux pirates*). Quant à la parodie de jugement mise en scène par Gilles au chapitre 14 et à ses conséquences, elles sont inspirées par des faits réels relatés par cet auteur dans le même ouvrage.

TABLE DES MATIÈRES

Les titres de la collection Atout

* Lecture facile   ** Lecture intermédiaire   *** Lecture difficile

Louiseville, Québec.